밀ᄋ

유키 슌
손지ᄋ

제우미디어

SENAKA, OSHITE YAROU KA?

©Shun Yuki 2017
All rights reserved.
First published in Japan in 2017 by Futabasha Publishers Ltd., Tokyo.
Korean translation rights arranged with Futabasha Publishers Ltd.
through Korea Copyright Center Inc..

유키 슌 지음 | 게미 일러스트
손자상 옮김

背中押してやろうか?

밀어 줄까?

난, 아직 살아있다.

죽지 못해 살았다고 해야 할지, 죽을 뻔했다고 해야 할지 미묘한 상황이기는 한데 일단은 내 몸에 무슨 일이 벌어졌는지부터 천천히 생각해 본다.

시험 출제경향과 대책을 짜는 게 특기인 나는 일의 전말을 분석하는 것도 꽤 좋아한다.

눈꺼풀이 무겁다. 몸도 무겁다. 규칙적으로 기계 소리가 들리고 독특한 약품 냄새가 난다. 아마도 여기는 병원 침대 위일 것이다. 다들 나를 친구들의 괴롭힘을 못 이겨 자살시도를 했다가 미수에 그친 중학생 정도로 알고 있겠지. 분명. 학교나 동네에서는 어느 정도 난리가 났을까? 하지만 이 정도 사건으로는 요즘 뉴스예능방송*도 눈길조차 주지 않을 게 뻔하다. 뭐야, 또야? 하고 코웃음 치면서 네, 다음 뉴스, 하고 그냥 넘겨버리고 다들 잊어버리면 끝이겠지. 전국구 신문에 실리기는 어려워도 지방 신문에서

---

* 사건사고 뉴스를 예능방송처럼 다루는 일본 특유의 뉴스방송. 우리나라의 〈그것이 알고싶다〉 뉴스 버전에 가깝다.

라면 기사가 실릴까? 만약 실린다면 눈치 빠른 사람 중 하나가 SNS로 퍼트려 줄지도 모른다. 내 초등학교 졸업앨범 개인사진 같은 걸 붙여다가.

문 여는 소리가 난다. 누군가 방으로 들어온다. 느릿느릿한 몸짓으로 다가와 내 오른쪽에서 멈췄다. 무언가가 얼굴을 따끔따끔 찌른다. 누구인지 알겠다. 길고 검은, 일본 인형처럼 똑바로 자란 머리카락.

──역시 너구나.

목구멍까지 올라오긴 했는데 내 입은 움직이지 않는다.

"가이추."

네가 중얼거렸다.

[해충(害虫, がいちゅう: 가이추)] 인간의 생활에 직접적으로 혹은 간접적으로 해를 끼치는 곤충.

그 단어의 진짜 뜻을 너는 아직 모른다.

1

굼실굼실 바글바글, 바퀴벌레 떼가 줄지어 상자 속으로 하나둘 들어가는 듯한 광경은 몇 번을 보아도 언제나 기분이 나쁘다.

이제 막 5월에 접어들었는데도 한여름처럼 찌는 날이 이어졌다. 이 더위 좀 어떻게 해줬으면. 체육관 안은 사우나처럼 덥다.

왜 하는지도 모를 이런 정기 조회만큼 쓸데없는 것도 없다. 우리의 귀중한 시간을 이런 곳에 낭비하지 말라고. 다음 학생회 선거에서는 정기 조회 폐지를 선거공약 1호로 내거는 사람에게 내 깨끗한 한 표를 무조건 행사할 거다.

학생회 집행부 각 부장이 저번 달 활동 내용을 지겹다는 투로 발표했다. 벨마크* 합계 같은 걸 나보고 어쩌라는 건지. 어차피 아무도 안 듣는데 대강 보고하고 끝내면 될 것을 누구는 트집 잡고, 그걸 또 정정하고.

아– 지루해.

---

* 교육기금조성표. 협찬 기업의 상품에 붙어 있는 종 모양의 표시. 규정된 수효만큼 모으면 교육 비품과 교환할 수 있음.

조회 마지막은 '선생님의 고마운 훈화말씀'으로 정리한다. 오늘 스피치 담당이 누군지 발표하자마자 일부 여자애들의 찢어지는 함성소리가 날아다녔다. 담임 선생님이자 영어 선생님인 혼다. 일명 랄프.

젊고 미소가 매력적인 '꽃미남 페이스'를 자랑하는 날라리 남자선생에게 혐오감을 품는 '수수한 페이스'의 서글픈 내 처지. 요즘 피부가 하얗고 외꺼풀에 째진 눈초리를 가진 얼굴이 '소금 페이스'라고 유행하던데, 특징 없는 얼굴이라는 점에서는 내 '수수한 페이스'와 별다른 차이가 없지 않나? 그래도 뭔가가 결정적으로 다르긴 다르겠지. 그걸 알면 내가 이런 소리를 하겠냐마는.

부자연스러울 정도로 풀을 먹여서 빳빳하게 세운 목 칼라가 트레이드마크인데, 가슴께에는 커다란 말 자수가, 소매에는 숫자 세 개가 새겨진 폴로셔츠를 입고 있었다. 별명이 옷 상표에서 유래했다는 사실은 최근에 깨달았다. 심플한 디자인이지만 새까만 교복을 입은 중학생 가운데 있으면 아주 눈에 띈다. 우리 동네 스포츠 용품점에서는 그 폴로셔츠를 살 수 없었다. 나이키나 푸마나 아디다스만 알면 어찌어찌 통할 거라고 생각한 우리 중딩들에게는 말 마크 붙은 폴로셔츠의 출현은 아주 컸다. 얼마 전 인터넷으로 찾아보니 그 셔츠가 중학생 용돈으로는 절대 못 살 만큼 고가라는 사실도 알았다.

"조용히 안 해!"

생활지도를 하는 체육 선생 이가라시의 굵은 목소리가 울려 퍼진다. 느슨했던 분위기가 단숨에 바싹 조여든다. 진행을 맡은 학생회 집행부 가운데 하나가 마이크에서 물러나 이가라시와 자리를 바꾸었다.

"자, 지금부터 조금 중요한 이야기를 전달한다."

이가라시가 랄프에게 귓속말한다. 정황이 제대로 이해가 안 가는지 랄프는 뭐라 말할 수 없는 얼굴로 입술을 다물고 한 걸음 뒤로 물러났다. 교감이 진지한 표정으로 나머지 선생에게 설명한다.

무슨 일이라도 났나?

이가라시가 쿵쿵 단상으로 올라간다. 마이크 위치를 조절하고 헛기침을 한 번 한 뒤 이야기를 꺼낸다.

"크흠. 요새 현내에 도는 비둘기 떼죽음 뉴스는 모두 알고 있겠지? 최근 학교 근처에도 비둘기 사체가 발견됐다. 한 장소에 한두 마리가 죽은 정도라고 하니 관련성은 없어 보인다만, 조금 걱정되는 문제가 있으니 잘 듣도록. 그 비둘기 사체에는 겉으로 봐도 명확한 상처가 나있다고 한다. 다시 말해 누군가가 비둘기를 고의로 해쳐서 죽였다는 것이다.”

체육관 안이 갑자기 웅성거리기 시작했다.

“자, 자, 조용! 근처에서 수상한 사람을 발견한 사람은 바로 보고하도록. 그리고 당연한 말이지만 살아있는 동물을 죽여서는 안 된다.”

이가라시는 꾹, 미간에 힘을 넣으며 단상을 내려왔다. 마지막 한 마디에는 나도 모르게 고개를 갸웃거릴 뻔했다. 살아있는 동물을 죽여서는 안 된다, 라니? 자못 우리 가운데 범인이 있다고 의심하는 말투였다.

체육관 안은 다시 웅성웅성 소란스러워졌다.

최근 3개월 동안 현 안에서, 백 마리가 넘는 비둘기의 사체가 세 군데에서 발견됐다는 뉴스가 화제에 오르고 있었다. 길거리 인터뷰에 나온 사람들은 입을 모아 “불쌍해요.”라고 말한다. 수사에 따르면 조류 독감 검사결과는 음성이었고 농약이나 독약도 검출되지 않은데다가 외상도 없다고 했다. 현재로서는 원인불명이지만, 딱히 사건성은 없다나? 의외로 새의 떼죽음이란 몇 년 주기로 일어나기에, 그때마다 천재지변의 전조가 아닐까? 같은 소란이 일어난다. 현청 자연과에서는 “오히려 우리가 원인을 아는 사람이 있으면 배우고 싶을 정도다. 비둘기의 집단 자살일지도 모른다."같은 말도 안 되는 대답을 내놨다. 어느 전문가는 미지의 바이러스 감염이나 외계인 짓이 아니냐? 같은 가능성을 들었다. 솔직히 오컬트 설은 좋아하는 편이지만, 아마 아닐 거라 생각한다.

하지만 안 좋은 예감이 든다. 근거는 없지만.

교장과 교감이 체육관을 나간다. 이가라시가 또 조용히 하라고 소리를 지른다. 중앙 시계를 올려다봤다. 아싸, 1교시 끝날 시간 5분도 안 남았다! 더럽게 감사한 랄프의 한 말씀, 오늘은 없다! 모두 그렇게 생각하고 있었다.

"그럼, 혼다 선생님 한 말씀 하시죠."

진행을 맡은 학생회 집행부 놈이 말하자, 랄프는 약간 긴장한 얼굴로 한 걸음 앞으로 나와 심호흡을 했다. 빨리 끝내라, 라는 시선을 학생 모두가 쏟아 붓고 있는데 분위기 파악도 못하는 지 의기양양 말을 꺼낸다. 유럽 유학 갔을 때 이야기인 모양이다. 미국인 룸메이트에게 학을 접어 보여줬더니 신기해하면서 1달러에 팔라고 부탁을 받았다는 추억이 메인이었다. 신이 난 랄프는 종이 울린 뒤에도 계속 떠들었다. "이–렇게 커–다란……." 하고 몸짓까지 해가며 커다란 학을 접어주었다는 부분이 최고 절정이었나 보다. 그 뒤로는 딱히 분위기 뜨는 일도 없이 끝났다.

우리들의 소중한 쉬는 시간 당장 토해내, 이 자식아.

비둘기 다음에 학 이야기는 할 게 아니지, 하고 일어나는 순간 같은 반 코미야 토모야가 오금꺾기를 걸어왔다. 나는 밸런스를 잃고 넘어졌다. 꺄하하핫 아주 신이 나신 토모야가 웃는다. 뭐야 인마, 하고 말하며 목을 졸라 반격했다. 뒤에 있던 친한 반 친구도 참전해서 결국에는 엉망진창이 된다. 근처에 있던 여자애 그룹은, 뭐야 저거, 바보 아냐? 완전 짜증나, 하는 느낌으로 차가운 시선을 보낸다. 아, 네 네, 이런 유치한 커뮤니케이션도 좁은 인간관계 안에서는 필요하거든요, 하고 일부러 큰소리로 떠들어댄다. 어쨌든, 그게 이곳의 규칙이니까.

내 이름은 타이라 잇페이(平 一平). 할아버지가 쇼헤이(昌平)에 아빠가 카즈마(一眞). 두 한자를 한 글자씩 받아와 잇페이이가 된…… 게 아니라, 가로세로 모두 선대칭이니까 재미있다는 이유로 붙였다고 자랑스레 말한 게 내 친아빠다. 남자애가 태어나면 무조건 이 이름을 지어주자고 마음먹은 모양이었다. 게다가 어릴 때부터 생각했었다고 하니 그 염원 한 번 쓸데없이 길다.

하지만 요즘 알아차린 게 있었는데, 세로쓰기로

丕

一

丕

라고 쓰면 가운데 '一' 부분을 기준으로 상하 반으로 접
어도 절대 대칭이 안 된다는 사실. 아빠에게 지적하자, 아
빠는 남자가 쪼잔하게 따지는 거 아니라면서 꿀밤을 때렸
다.

이름 때문에 친구에게 바보 취급당한 일도 몇 번이나 있
었다. 전화로 예약할 때 한자를 설명해야 하면 더더욱 부
끄럽다. 아빠에게 하소연하니 "잇페이(一丕) 주제에 불평(不
丕)하지 마."라며, 그걸 또 잘 받아친 게 기분이 좋았는지
어떠냐는 듯한 얼굴로 웃기만 할 뿐이었다.

친구들은 내 이름을 부르기 쉬워서 좋다고 해준다. 그래
서 요즘에는 신경 안 쓰기로 했다.

내가 먼저거든, 하고 외치기라도 하듯 앞 다투어 체육관
으로 뛰어나가는 게 '조금 노는 3학년 일진 형들'이다. 흐
름에 몸을 맡긴 채 밖으로 나간다. 토모야와 장난치면서

복도를 걷고 있는데 맹렬한 스피드로 달려오는 여자애 무리와 부딪칠 뻔 했다. 서둘러봤자 이미 늦었거든. 2교시 수업시간은 지났어. 학교 측 책임이니까 혼날 리도 없으니, 나는 교실까지 가는 길을 느긋하게 걸었다.

"들었어? 오늘 쿠사이 온대."

여자애 하나가 교실 안으로 힘차게 들어와 외쳤다. 나는 쿠사이가 누구지? 하고 고개를 갸웃거렸다.

"아니 진짜, 방금 보건실에 들어가는 거 봤대."

"설마―."

"와― 얼마만이야?"

"작년 2학기 쯤?"

"여름방학 전에도 가끔 안 나왔지."

하고, 여자애들이 소란피우는 소리를 들은 나는 겨우 누구 이야기를 하는지 깨달았다. 창문 쪽 가장 뒷자리. 아직 아무도 사용하는 일 없이 조용히 자리 잡은 의자와 책상의 주인. 등교거부 여학생.

――쿠자이 마유코.

그 이름을 떠올리자 그리운 느낌이 들었다.

나는 소위 말하는 미지의 신비로운 왕자님 같은 전학생은 아니었다. 굳이 따지자면 부메랑 전학생이랄까? 저번 달 중2로 올라가는 타이밍에 이 동네로 돌아온 것이다. 원래는 이곳 외곽지역에서 초등학교를 다녔었는데, 아빠 일 문제로 초등학교 5학년 때 관서지방으로 이사를 가게 되었다. 다시 돌아온 이유는, 아빠가 이전 일을 그만 두었기 때문이었다. 모 자동차 제조회사에 근무했던 아빠는 소위 말하는 전근족*이었는데, 가족들 모두가 일단 납득하기는 했지만, 아무리 노력해도 그 스타일에 몸까지 익숙해지지는 않는 모양이었다. 특히 엄마는 겨우 넓힌 커뮤니티를 처음부터 다시 만들어야 하니 귀찮다고 불만을 토로하며 계속 이런 식이면 아빠와 이혼하겠다고 난리였다.

도쿄 전근 이야기가 나왔을 때였다. 기러기 부부로 혼자 가든가 퇴직하고 고향으로 돌아가든가 둘 중 하나를 고르라고 강요받은 아빠는 후자를 택했다. 할아버지 가게는 절대 잇고 싶지 않다고 해놓고 지금은 할아버지랑 같이 자전거 가게를 하고 있다. 옛날에 살았던 익숙한 토지와 온화한 환경 속에서 가족과 느긋하게 지내고 싶다. 그렇게 결단을 내린 아빠는 아예 이곳에 집까지 지어버렸다. 아마 엄마가 그렇게 하라고 시킨 게 분명하다. 작전 승리.

참고로 가족회의 때 나는 어느 쪽이든 상관없다고 대답

---

* 회사나 관공서에 근무하는 가운데 몇몇지시 등으로 근무처를 이동하는 사람 및 가속을 가리킨다.

했다. 어차피 전학 갈 것을 알고 쌓아가는 교우관계가 딱 좋았기 때문이다. 그때그때 임기응변으로 분위기 메이커를 연기하는 쪽이 편한 게 당연하지 않나? 하지만 지금은 이 동네로 돌아와 정말 다행이라고 생각한다. 모두가 오랜만에 만난다는 느낌으로 따뜻하게 받아들여준 덕분에 일부러 새로운 교우관계 구축은 안 해도 됐다.

아까부터 여자애들이 호박씨를 까고 있는 쿠자이 마유코와는 같은 B초등학교였다. 우리 중학교는 A, B, C 세 개의 초등학교로 학군이 만나고 있다. 대강 한 학년이 150명 정도. A, B, C 출신자 순으로 학생 수가 적어진다. 그저 쪽수가 많다고 잘난 거는 아닌데도, A초 출신 놈들이 자기들 숫자가 많은 걸 이용해서 항상 까분다. 가장 잘 나가는 동네는 자기네 동네라는 느낌으로 잘난 척 하고 다니는 게 짜증난다. 역도 있고 스케이트 링크도 있고 오락실도 있고 볼링장도 있고…… 그래, 분명 번화한 동네기는 하다.

하지만 신흥 주택지도 생기고 가장 활기가 넘치는 동네는 내가 사는 동네다. A초 학생 수를 넘어설 날도 멀지 않았을 거다. 뭐 이런 쓸데없는 출신 학교 싸움에 가담도 해보고 그런다. 바보 같다. 향토애 같은 훌륭한 감정 따위 아무도 갖추지 않았으면서.

2

　1년 가까이 등교거부 하던 여자애가 돌아온다는 사실은 평범한 하루하루를 보내는 중학생에게는 살짝 관심 가는 이벤트였다.

　여태까지 쿠자이 마유코에 관해서는 완전히 잊어버리고 있었다. 얼레, 같은 반이라더니 안 보이네? 하고 생각한 적은 있었지만 굳이 누구에게 이유를 물어보거나 하지는 않았다.

　여자애 이야기를 화제로 꺼내다가 조금만 타이밍이 어긋나면 이상한 분위기가 된다. 게다가 다들 옛날과는 부르는 방법도 바뀌었다. 옛날 같으면 이름으로 부르거나 이름에 '짱'을 붙여 부르면 됐는데, 어느새 아무것도 안 붙이고 성만 불러 서로 반말하는 식으로 바뀌었다. 마유짱, 이라고 부르던 사람을 갑자기 쿠자이라고 부르는 게 좀 껄끄럽게 느껴졌다. 왜냐면 옛날에 조금 신경이 쓰이던 여자애였으니까.

그날은 쿠자이 마유코에 얽힌 여러 가지 일로 교실, 아니, 전 학년이 모두 붕 떠 있었다. 비둘기 사체가 발견되었다는 사건 따위 눈 깜빡할 사이에 잊혀버린다. 자기 생활에 영향을 주지 않는 사건에는 아무도 흥미가 없는 거다.

뭐, 다 그런 거지, 하고 신경도 쓰지 않고 쿠자이 마유코와의 재회를 남몰래 기대하고 있었다. 여자라는 생물체는 갑자기 변하는 법이라고 들은 적이 있다. 실제로 나보다 두 살 많은 누나도 고등학생이 되어 갑자기 얼굴이 변했다. 다이어트니 메이크업이니 하는 수법을 써서 변한 것인지는 나로서는 전혀 알 수 없는 노릇이지만. 스티커 사진이나 SNS에 올리는 셀카 사진을 보면 완전히 딴 사람이고, 앱으로 사진 보정한 거 보면 이게 사기 아니고 뭐냐는 말 말고는 할 말이 없다.

하지만 그런 짓을 안 해도 쿠자이 마유코는 나름 귀여운 얼굴이다. 그래서 항상 눈이 갔던 것이다. 운동이 특기인 여자아이인데 넓고 동그란 이마를 깐 채로 머리카락을 아래로 내린 쇼트 보브 컷이 잘 어울렸다. 살짝 지기 싫어하는 부분이나 기가 센 느낌이 들어서, 같은 여자애들도 높게 평가하는 존재였다.

"어째서 갑자기 나온 걸까?"

"모르지."

노란색 타입 여자애는 항상 새로운 화제가 나오면 신이 나 덤벼든다. 나는 맘대로 여자애를 색으로 나누어 품평한다. '노란색 타입 여자애'란 얼굴을 상중하로 따졌을 때, 중에서 중급 이하인데, 분위기 잘 띄우고 항상 신나서 자기만의 포지션을 획득하는 타입. 목소리가 꺅꺅 시끄러우니까 노란색.[*]

핑크색 타입 여자애는 겉모습이 화려하고 사교성이 높은 타입. 잘 나가는 선배랑 사귀거나 하는, 눈에 띄는 화려한 애들. 그래서 같은 핑크라도 연한 복숭아색 같은 게 아니라 부담스러운 핫핑크.

나머지는 패션이나 겉모습에 전혀 신경 쓰지 않는 운동부 집단을 갈색 타입, 사람이랑 어울리기 싫어하고 나만의 길을 걷는 오타쿠 집단을 보라색 타입, 그리고 어느 타입에도 속하지 않는 애들도 가끔 있는데, 그럴 때는 직감적으로 떠오르는 색을 붙여 타입을 정한다.

"그것보다 임신했다는 소문도 있지?"

"맞아, 랄프 애라는 소문."

"입원했다던데."

---

[*] 일본어로 소위 '꺅꺅' 거리는 높은 환성을 두고 노란색 함성(黄色い歓声)'이라고 부른다.

"낙태했겠지?"

"당연히 말도 안 되는 소문이지."

"뭔가 피해자인 척하는 거 좀 짜증나."

"그치. 저는 괜찮아요, 같은 거."

노란색 타입 여자애들이란 하나 같이 목소리 볼륨 조절이 잘 안 되는 모양이다.

"아, 거 되게 시끄럽네―!"

교실 분위기를 단숨에 바꾼 사람은 일명 '하세켄'이라 불리는 하세가와 켄타로다. 얘도 같은 B초 출신이다. 옛날에는 자주 놀았는데 요새는 거의 말하는 일이 없다. 왠지는 몰라도 토모야도 피하는 느낌이고, 그래서 나도 필요 이상으로 이야기를 나누거나 하지는 않는다.

하세켄은 자존심 세고 눈에 띄고 싶어 하는 놈이라서, 다른 사람들한테 뭐라고 소리쳐서 제재하기를 좋아하기 때문에 아무도 안 좋아한다. 하지만 둔감한 건지 낯짝이 두꺼운 건지는 몰라도 다들 자기를 싫어한다는 사실을 전혀 알아차리지 못한다. 항상 센척하는 발언으로 주변을 불쾌하게 만든다. 이 녀석이 왕따 당하지 않는 이유에는 아마 '형아'의 존재가 클 것이다.

지금 이 학교 3학년 중에서 가장 권력과 완력을 갖춘 일진 형이 든든한 '빽'이다. 하세켄은 살집도 있고 해서 털 많은 '아재'같이 생긴 반면, 형은 날씬하고 털도 적어 동생과는 완전히 다르게 생겼다. 금방 시비를 건다는 소문이 돌기는 하지만, 나는 실사판 〈크로우즈〉* 같아서 멋있다고 생각한다. 하지만 이 자식은 형이 졸업한 다음에는 뭘 어쩌려고 저러는 걸까?

노란색 타입 여자애들의 토크가 이어진다.

"시끄럽다고 했잖아, 못생긴 게!"

하세켄이 살짝 책상을 차며 노려본다.

나는 토모야 쪽으로 몸을 돌리며 작은 목소리로 물어봤다.

"등교거부는 왜 한 거야?"

"모르지. 근데 쿠자이 좀 귀엽지 않아?"

나는 옛날부터 토모야의 이런 점이 좋다. 존재만으로 분위기를 풀리게 만드는 인간 공기청정기 같은 자식. 남보다 배는 섬세하고 착해서 주변 사람을 잘 챙긴다.

"그랬던가?"

나는 아닌 척 해 보인다.

"그건 그렇다 치고, 왜 랄프랑 소문이 난 거야?"

---

*다카하시 히로시의 학원폭력만화.

"랄프가 맘에 들어 했었거든, 쿠자이를 특별취급하면서 맨날 학생지도실로 불러냈어. 영어 만점을 받았을 때는 랄프가 특별지도해서 그런 거 아니냐고 소문이 났었거든. 그래서 여자애들한테 반감을 산거고."

"반감이라면, 왕따 같은 거?"

"그런 거 말고 있잖아."

토모야가 강하게 부정한다. 방금 살짝 하세켄 쪽을 쳐다 본 것 같은 기분이 든다. 두 사람 사이에 뭔가 마찰이 있 다는 사실은 분명하지만 토모야가 딱히 건드리고 싶지 않 아하는 문제 같아서 나도 굳이 캐묻거나 한 적은 없다.

"혹시 여자 특유의 그거?"

"그거가 뭐야?"

토모야가 고개를 갸웃거린다. 누나에게 왕따는 아니지 만, 릴레이 형식으로 무시하는 거라면 있어, 라고 영문 모 를 소리를 들은 적이 있다. 여자에게는 순서대로 그룹에 서 쫓겨나는 시기가 반드시 찾아온다고. 근본적인 해결책 이나 유효한 타개책은 지금도 찾아내지 못한, 여자 특유 의 문화라며 열변을 토하기는 했는데, 나는 전혀 모르겠 다. 그것은 돌연, 어떤 전조도 없이 무시당한다는 무서운 나날이 찾아온다는 듯하다. 게다가 1주일 이상 지속되는 경우도 있다고.

우리 반에서도 비밀리에 그런 일이 일어나고 있는 걸까. 일일이 여자애들 동향을 관찰하고 있는 건 아니어서 발견한 적은 없다. 발견한다더라도, 내가 어떻게 할 수 있는 것도 아니지만. 누나 말을 빌리자면, 이래서 남자가 안 된다니까.

쿠자이 마유코는 핑크색도 노란색도 아니다. 물론 갈색이나 보라색도 아니다. 복숭아색이라고 하면 좀 야한 느낌이 들고, 오렌지색이라고 하면 너무 힘이 넘치는 느낌이다. 굳이 따지자면 똑 부러지면서도 차분한, 아름다운 달빛 같은 느낌이었다.

3

쿠자이 마유코가 우리 2학년 3반 교실에 들어온 것은 종례시간이었다. 등장까지 시간이 너무 걸린 탓에 우리 안에 쿠자이 마유코에 대한 이미지가 멋대로 구축되어 버렸다. 물론 다들 자기 맘대로. 아주 약간이기는 하지만, 반 전체에 등교거부를 한 불쌍한 여학생을 받아들여주자, 간은 분위기가 흘렀다.

복도 쪽 가장 앞자리에 앉은 놈이 "쿠사이 왔다!"하고 큰 소리를 지른다. 내 자리는 한가운데, 그리스도 십자가가 딱 겹치는 지점에 있었다. 오른쪽 비스듬히 앞쪽에 토모야가 앉아있다.

랄프가 데리고 온 쿠자이를 보고 한 순간 헉, 하고 놀랐다. 내가 상상한 모습은 좋은 집안에서 어려움 없이 자란 아름다운 소녀였다.

이 녀석, 진짜 마유짱인가?

딱 봤을 때 검은색의 비율이 너무 높다. 눈을 가리는 위치에서 똑 자른 일직선 앞머리. 허리까지 내려오는 윤기 흐르는 흑발. 고개를 숙이고 있기에 표정이 보이지 않는다. 교복도 아직 익숙하지 않은 탓인지 전체적으로 묵직해 보인다. 무릎 아래 십 센티까지 내려오는 치마와 감색 양말 사이의 공간이 거의 없다. 검은 비닐 봉투로 싼 것 같은 느낌으로 전신을 감싸고 있다. 말 그대로 바퀴벌레 종족을 대표하여 나왔습니다, 같은 느낌.

학교에서 정한 숄더백이 번쩍번쩍 빛나는 것도 기묘해서 웃다. 그걸 이제 와서 사용하는 놈이 어디 있냐고, 누가 알려줘라. 숄더백은 내구성도 약하고 짐도 많이 안

들어간다는 이유로 학생 대부분이 각자 개인 배낭으로 등
교하고 있다.

"쟤가 원래 저런 느낌이었던가?"

"헤어스타일이 바뀌어서 그런 거 아냐? 뭔가 좀 다른
데?"

토모야가 쓴웃음을 지었다.

"쿠사이-, 오랜마안-."

여자애 몇 명이 소리친다.

쿠자이 마유코는 망가진 로봇처럼 고개를 저으며 이쪽
을 봤다가 저쪽을 봤다가 한다. 검은 머리가 한 다발로 묶
여 흔들리는 모습이 조금 기분 나쁘다.

순간 눈이 마주쳤다. 아니, 마주쳤다기보다 나를 노려
봤다는 느낌이 들었던 건 착각이었을까? 가늘고 뾰족한
턱도, 가는 입술도, 긴 속눈썹도 예전과 마찬가지인데, 어
째서인지 분위기가 완전 다르다. 말할 것도 없이 쿠자이
는 검은색 타입으로 결정.

"자, 저쪽 자리에 앉으렴."

랄프가 창문 쪽 맨 뒷자리에 앉으라고 권하자, 쿠자이는
가볍게 고개를 끄덕인 뒤 "저기."하고 겨우 말을 꺼냈다.

"무슨 일이야?"

랄프가 걱정스레 묻는다. 묘한 정적. 소란스럽던 교실
에서 소리가 사라진다.

"제 성씨는 '쿠사이(=냄새난다. クサイ)'가 아니라 '쿠자이(クザ
イ)'예요."라고 말한 순간, 여자아이 몇 명이 "우자이(=짜증나.
ウザい)."하고 콧방귀 끼듯 중얼거린다. 와아, 하고 웃음이
터진다. 랄프가 살짝 분위기를 진정시킨다.

초등학교를 다닐 때, 그녀는 신참 선생님이 자기 이름을
잘못 부를 때마다 일일이 바로잡곤 했다. 그때마다 반이
웃음으로 가득해졌는데 지금 이 분위기와는 다르다. 여자
애들의 악의가 느껴진다.

"맞다, 그렇지? 자 그럼 마침 말이 나온 김에 자기소개
라도 할까? 모르는 친구도 있을 테니까."

"쿠자이 마유코입니다. 취미는 '실험과 관찰*입니다."

모두가 대놓고 싫다는 표정을 짓는다. 다들 수군수군 귓
속말을 주고받으며 내던지는 비난의 목소리를 안 들리는
척 하며 마유코는 자리에 앉았다.

종례가 끝나고 마유코는 바로 교실을 나갔다.

웅성웅성하고 모두가 마유코에 대해 떠들기 시작한다.
핑크색 타입 여자애가 쟤 완전 짜증나지 않아? 하고 주변

---

* 초등학교의 이과 수업과목. 우리나라의 슬기로운 생활에 해당한다.

에 동의를 구한다. 나는 일부러 아무 반응도 하지 않았다. 웃어도 안 되고 의견을 내서도 안 된다. 이런 분위기일 때는 '무(無)'가 되는 게 제일 좋다.

토모야와 함께 복도로 나오자 다른 반 놈들이 우리에게 질문을 던져댔다.

"걔, 어땠어?"

"딱히."

내가 대답한다. 토모야는 무시하고 복도를 걸어간다.

이야기는 계속 이어지고 있었겠지만, 나는 육상부 부실로 향했다.

4

미즈노 스파이크화로 갈아 신고, 운동장에서 가볍게 위아래로, 작게 점프한다. 스파이크의 핀이 바닥에 박히는 감각을 확인하기 위해서. 내가 쓰는 스파이크는 12mm짜리 징 스파이크. 그립과 지면에 꽂히는 감촉이 절묘한 게 마음에 들어서 쓰고 있다. 그 다음은 스트레칭 뒤에 운동장을 한 바퀴 걷고 두 바퀴 조깅.

나는 발이 빠른 편이다. 빠르기는 해도 올림픽이나 전국 체전을 목표로 할 만큼은 아니다. 운동회나 체육대회 때 조금 영웅대접을 받을 만한 레벨. 원래부터 빨랐던 건 아니다. 누군가 발이 빨라지도록 노력하라면서 시켰다. 누가? 엄마가. 남자아이는 '달리기가 빠르냐, 아니면 느리냐.', 가 '공부를 잘하냐, 못 하냐.'보다 더 중요한 포인트라고 계속 강조했다. 엄마는 자기가 아는 바로는 달리기가 느린데 여자애한테 인기 많은 남자를 단 한 명도 못 봤다고 한다. 아무리 적게 봐도 중학교 졸업 때까지는 발이 느리면 인기가 없다고 단언하기도 했다.

그런 엄마는 내가 왜 발이 느린지를 분석하고 어떻게 하면 빨라질지 시행착오를 거듭했다. 처음에는 근처 공원에서 계속 뛰게 시켰다. 아빠는 "너랑 나 사이에서 태어났는데 달리기를 잘하겠어? 포기해."라며 냉소 모드였지만, 엄마는 포기하지 않았다.

하지만 어떠한 연습을 하더라도 내 다리는 어지간히도 빨라지지 않았다. 그저 다리에 굳은살과 상처와 엄마의 스트레스가 늘어가기만 했다. 운동회에서 활약하지 못한 나를 엄마는 이를 갈며 노려보곤 했다.

---

* 일본에서는 학생 때 발이 느리면 왕따의 대상이 될 정도로 달리기를 중시한다.

변화가 찾아온 것은 초등학교 3학년 때. 살짝 안짱다리에 X자 다리네, 하고 근처 사는 야구부 형이 말해주었다. 바로 접골원으로 끌려가 다리 틀을 뜨거나 발가락을 움직이는 간단한 테스트를 받았다. 진단 결과는 '초'가 붙을 정도로 편평족이었다. 사람 발바닥에는 아치 모양이 3개가 있어야만 하는데 내 발바닥에는 아치가 한 개도 없는 모양이었다. 소위 말하는 '평발'.

바로 신발을 바꾸라고 권해왔다. 한 달에 한 번 통원치료하고 특제 깔창을 쓰고 선생님이 지정한 메이커 신발*을 신자 내 발은 점점 빨라지기 시작했다. 빨라지니 달리는 거 자체가 좋아지는 것도 당연한 일이라서 육상부에 들어가겠다고 바로 결정했다.

토모야는 둔한데다 밍기적거리고 뭘 해도 평균 이상으로 하는 법이 없지만, 분위기 메이커라서 있기만 해도 분위기가 좋아진다. 1학년 때는 탁구부에 들어간 모양이었다. 그리고 탁구는 자기랑 안 맞는다는 걸 깨달았다고 한다. 왜 그렇게 작은 공을 그렇게 작은 판으로 맞춰야 하는지 이해가 안 갔다고 투덜거렸다.

내가 동경하는 사람은 3학년 스프린터, 아사즈마 선배

---

* 뉴밸런스를 말한다.

다. 축구부와 야구부와 농구부의 에이스를 합하더라도 선배의 인기는 이기지 못할 거라고 생각한다. 복도를 지나다닐 때마다 여자애들이 꺄아—꺄아— 하고 난리고, 시합이 있을 때마다 다른 중학교 여자애가 고백하러 온다는 소문도 있다. 그러면서도 여자친구가 없으니까, 그야 인기 없으면 그게 이상하지 라는 느낌. 진지하게 스포츠에만 몰두하는 정통파 스포츠 소년이랑은 또 다른 느낌이 든다. 적당히 노는 분위기를 풍기는 것도 인기 요인 중 하나겠지. 얼굴은 요새 유행하는 소금 페이스도 아니고 굳이 따지면 이목구비 뚜렷한 라틴풍 얼굴. 아사즈마 선배는 젊을 때의 로드리고 산토로*를 닮았다. 아마 여자애들에게 말하면 "뭐래? 그게 누군데?"하고 대답하겠지만, 어쨌든 엄청 잘생긴 영화배우다.

엄마에게 묻고 싶다. 내게 '인기전성기'가 오기는 올까? 아무리 달리기가 빨라도 이런 수수한 페이스의 영화 오타쿠에게 여자들이 관심을 보일리가 없잖아? 하고. 중학교 2학년 정도가 되니 패션 센스라든가 개그 센스 쪽이 더 중요한 포인트가 아닌가 싶은 느낌이 든다. 여자친구가 있는 놈들은 대부분 그런 쪽으로 잘 나가는 게 아닐까 싶다.

---

* 브라질의 영화배우. 영화 '300'에서 크세르크세스 역을 맡았다.

노력으로는 어떻게 안 되는 그 감각이라는 것 좀 알려줘, 마미.

정신없이 초고속으로 무릎이 가슴까지 닿도록 제자리 뛰기. 다리에 쥐날 것 같아도 끝없이 이어간다. 그 뒤로 오십미(50m)와 백미(100m) 인터벌. 아무 생각 없이 하는 게 요령. 잡념을 떨치고 연습에 매진한다. 가끔씩 내가 지금 뭐하고 있나 싶을 때가 있다. 하지만 생각해 봤자 답도 안 나오니까 일단은 달리기나 하자고 깨닫게 된다.

육상부에는 매니저가 있기는 한데 기본적으로 매니저를 하는 여학생 모두가 아사즈마 선배 전속 매니저라는 느낌이라서 우리들은 부원들끼리 교대로 타임을 재고 기록한다.

운동장을 가볍게 조깅하고 오늘 연습은 종료.

5

교복으로 갈아입고 부실을 나선다.

스마트폰으로 LINE*뉴스를 체크한다. 또 중학생 하나가

---

* 우리나라의 가가오톡에 해당하는 네이버 재펜(현 LINE)이 개발한 메신저 및 포털 서비스 어플리케이션.

따돌림을 못 견디고 자살한 모양이었다.

"잇페이, 수고."

"죽겠다. 개 힘들어."

"카메야 들렀다 가자."

"돈 없어."

"내가 빌려줄게."

"땡큐."

이 대화가 거의 매일 반복된다. 물론 빌린 돈을 토모야에게 갚는 일은 없고, 토모야가 갚으라고 재촉하는 일도 없다. 아주 가끔 내가 영화표 값을 내서 퉁 치는 게 암묵의 룰이다.

카메야는 오래된 상점가 한구석에 자리 잡은 오래된 서점이다. 문방구나 잡화, 과자도 같이 팔아서 중학생의 사교장이기도 한 곳이다. 서서 만화책 신간을 훑어본 뒤, 가게 앞에 놓인 벤치에 앉아 자판기에서 산 콜라나 한잔 하는 것이 우리들에겐 지극히 행복한 시간이다. 언제 와도 손님이 적어서, 시간이나 때우려는 중학생들이 북적대기만 할뿐 어떻게 먹고 사는지가 걱정될 정도로 돈 버는 기색이 없다. 그건 이 가게만의 일은 아니지만.

옆 영화관도 카메야에게 지지 않을 정도로 낡은데다가

상영하는 영화도 역시나 옛날 거다. 영화를 보기 시작한 것은 초등학교 다닐 때부터다. 아빠 따라 영화관에 온 게 계기였다. 그 뒤로는 용돈을 모아 여기를 다녔다. 거의 대부분 재상영 작품이라서 츠타야에 가면 100엔 좀 더 내면 빌릴 수 있지만 스크린으로 보는 게 몇 배는 더 재미있고 마음에도 남는다.

"지금 뭐 상영하나 몰래 훔쳐보러 가자-."

토모야가 말했다.

좁고 컴컴한 복도를 걸어간다. 접수처에 있는 아주머니는 작고 뚱뚱하고 화장이 진한 게 성질이 고약할 것 같은 얼굴이지만 가끔씩 사탕을 주니 나쁜 사람은 아닐 것이다. 하지만 거의 대부분 목캔디 아니면 계피맛 사탕이라서 집에 갈 때 슬쩍 버린다. 그런 걸 줄 바에야 그냥 공짜로 영화나 보게 해주는 게 더 좋은데.

영사실에는 아저씨가 있지만 이 사람도 딱히 살가워 보이는 편한 느낌은 아니다. 〈시네마 천국〉을 보고 동경심에 영사실로 몰래 들어간 적이 있는데 아저씨가 진심 빡쳐서 학교에 꼰질렀다. 그 뒤로 '인생이란 영화처럼 잘 풀리는 법이 없구나.'라는 말이 우리를 위로해주는 명언이 되었다.

"저거, 보고 싶다."

"응. 보고 싶어."

지금 우리가 가장 보고 싶은 작품은 츠타야에 없다. 그렇다고 해서 신작 영화나 B급 영화도 아니다. 베를린 국제영화제에서 상도 탄 작품이다. 개봉한 지 10년도 더 지났는데 제작자가 DVD로 발매할 계획이 없고 공중파 방송도 막아서 예정이 없다고 한다.*

몇 년 전에 이 영화관에서 재상영을 하려고 계획한 모양이다. 하지만 그때는 지진의 영향이 어쩌고 해서 중지되어 버렸다. 그 뒤로 '환상속의 영화'로 불리고 있다.

영화관 로비에는 그때 붙은 포스터가 색이 바랜 채로 붙어있었다.

"아!"

"왜?"

토모야의 시선 끝에는 마유코가 있었다. 화장실 쪽에서 이쪽을 향해 걸어오고 있다.

"저 녀석 이런 데서 뭘 하고 있는 거야?"

---

* 영화 〈헤븐즈 스토리(ヘヴンズ ストーリー)〉(2010)으로 보인다. 제61회 베를린 국제 영화제에서 국제비평가연맹상을 수상했다. 가족을 살해당한 어린 소녀, 아내와 자식을 살해당한 젊은 남자, 아들을 키우며 부업으로 복수대행을 하는 경찰관 등이 얽히는 모습을 그렸다. 상영시간 4시간 38분, 총 9장에 달하는 사회파 휴먼드라마 대작으로, 광고카피는 '세계가 증오로 부서지기 전에'다. 2017년, 재상영하였고, BD/DVD 소프트로 발매되었다.

"나야 모르지."

"잇페이, 말 좀 걸어봐."

"싫어."

우리가 아웅다웅 하는 사이 마유코가 이쪽을 봤다. 우리는 눈을 안 마주치려고 플로어를 어슬렁거린다. 지금 상영하는 영화는 뭐지 하고 스케줄을 올려다보니 〈금지된 장난〉과 〈이유없는 반항〉이었다. 요새는 맨날 외국영화네, 하고 토모야가 투덜댄다. 게다가 옛날 영화만 한다. 예전에는 마이너한 일본영화만 틀었는데. 아저씨가 자기 맘대로 트는 것인지는 모르지만 나는 솔직히 외국영화보다 일본영화가 더 좋다. 작품 자체가 유명하지 않더라도, 별로 유명하지 않은 영화감독이나 배우 이름이 적혀있어도, 일단 일본영화면 가슴이 뛴다. 짧은 스탭롤 뒤에 멋진 에필로그가 쿠키영상으로 붙어있으면 더할 나위가 없다.

"세계를 부수는 방법 따위 모르는 게 더 좋았을 텐데."

마유코의 목소리가 들려서 나도 모르게 순간 돌아보았다.

마유코가 읽은 것은 우리가 보고 싶다고 바라던 '환상속의 영화'에 붙은 광고 문구였다.

아주 가까운 거리에서 본 마유코의 손발은 피부가 하얗고 마치 속이 비칠 것처럼 투명하고 깨끗했다. 하지만 묵직한 느낌이 드는 앞머리가 마유코의 표정을 가려버리고 있다.

마유코는 '환상속의 영화' 포스터를 손가락질하며 말했다.

"나도, 이거 보고 싶어."

나도 토모야도, 아무 대답도 못한 채 멀뚱히 서 있었다.

마유코는 천천히 출구를 향해 걸어간다.

토모야와는 '유메가오카(꿈의 언덕. 夢ヶ丘)에 오신 걸 환영합니다.'라고 쓰인 간판 겸 지도 앞에서 헤어졌다. 토모야네 집은 조금 더 산 쪽에 가까운 낡은 일본 전통 가옥으로, 부모님과 조부모님, 외조부모님까지 함께 살고 있다. 외동아들인데다가 사랑받는 캐릭터인 토모야는 가족 모두의 애정과 응석을 받으며 자랐다. 식스 포켓(아빠, 엄마, 할머니, 할아버지, 외할머니, 외할아버지 총 여섯 명의 지갑)머니 덕분에 토모야 지갑은 항상 풍족하다.

내가 사는 '유메가오카 신흥주택단지'는 적갈색 지붕과 하얀 외벽이 특징이다. 옛날에 살았던 월세방은 낡고 더러워서 별로 좋아하지 않는다. 그래서 이 동네를 처음 봤을 때는 진심으로 기뻤다. 전신주도 땅속에 묻어놓아 걸리적거리지 않고, 산책로도 따로 있고, 가로수도 따로 관리하고 있어서 치안도 경치도 불만이 없다. 그렇다고는 해도, 덴엔초후나 세이조 같은 고급주택가랑은 많이 다르다. 찻길 한가운데에서 아무렇지도 않게 잡담을 나누는 아줌마들. 인도에 옆으로 한 줄로 서서 길 다 차지하면서 걷는 초등학생. 공놀이 하는 어린아이들. 여기에 갓길주차까지 많아서 자전거가 주요 이동수단인 나에게는 아주 민폐투성이다.

경관을 통일시킬 목적으로 모든 집이 다 비슷한 디자인을 하고 있는 탓에 외부 사람이 보면 다 똑같은 집으로 보이는 것 같다. 우리집을 처음 찾아오는 친구는 대부분 헤맨다.

집으로 돌아오자 달콤한 간장 냄새가 났다. 저녁 반찬은 규동인 모양이다. 엄마가 바쁠 때는 항상 이거다. 식탁에 놓인 샐러드를 보고 역시나, 하고 한숨을 쉰다. 심할 정도로 가늘게 썰어놓은 양배추 채가 하얀 볼에 잔뜩 담겨있었다. 이건 대형마트에서 산 거네. 염소로 소독을 마구 해대서 이상한 냄새도 나고 비석비석헤서, 드레싱이랑 잘 맞지 않는다. 그래서 안 좋아한다. 좀 투박해도 좋으니까 채 만큼은 직접 썰어주면 안 되나? 엄마가 자주 말하는 시간단축요리라는 거, 나한테는 그냥 대충 요리다.

옛날에는 질릴 정도로 자식교육에 열심이라, 밥상머리 교육에도 보통 깐깐한 게 아니었다. 직접 주문한 야채를 쓴 손이 많이 가는 요리가 식탁에 잔뜩 늘어서있던 풍경이 그립다. 언제부터인가 엄마가 취미에 들이는 시간이 늘어났다. 금방 질리는 성격이라 같은 알바 일을 반 년 이상 지속하는 법이 없으면서도, 흥미 가는 걸 발견하면 주변을 완전히 잊어버릴 만큼 몰두하고 만다. 쉽게 달궈졌다가 쉽게 식는 냄비 같은 전형적인 성격이지만, 매번 진지하게 임하다보니 가족 입장에선 정말 큰일. 엄마 말로는 "내가 일해서 번 돈 내가 어떻게 쓰든 내 맘이지."라는 모양이다. 보통 그렇게 번 돈은 가족을 위해 쓰는 거 아냐? 같은 일반론은 엄마에게 안 통한다.

그러고 보니 얼마 안 있으면 한국 아이돌 그룹 콘서트에 갈 예정이라고 했던 것 같은데? 오늘은 자기정비시간을 가지느라 바쁜 거겠지. 무슨 기대를 하는 건지는 몰라도 콘서트 전날이 되면 갑자기 찍고 바르고 난리다. 피부관리실을 간다는 둥 네일아트 숍을 간다는 둥. 옷도 평소에는 못 입을 만큼 각이 심하게 잡힌 옷을 사온다. 그 외에도 교통비에 숙박비로 돈을 엄청 쓰고 앉았으니. 아이돌과 운명적으로 사랑에 빠지는 망상으로 머릿속이 꽉 차 있을 때 엄마가 나를 보면, 하늘이라도 나는 기분인 양 다녀왔어어엉? 하고 소리친다.

우리 집은 꽤나 낙천적이고 제멋대로인 인간들로만 모인 구성이라 좋게 말하면 자유롭다. 하지만 단결력이나 끈끈한 가족애 같은 무슨 드라마에 나올 법한 가족의식은 매우 옅다. 가끔은 이 인간들이 그냥 새빨간 남이랑 셰어하우스에 같이 모여 사는 룸메이트가 아닌가 싶을 때도 있다.

옛날에는 자식을 비디오로 찍어 홈비디오를 늘려나가는 게 인생의 낙이라고 말하던 아빠도 지금은 자동차 말고는 인생의 낙이 없는 모양이고, 누나는 한술 더 떠서 주말에는 집에 거의 들어오지 않는다. 친구 집에서 공부한다고는 하는데, 솔직히 뭘 하는지는 모른다. 엄마는 사고만 치지마라, 같은 막연한 소리만 하고 앉았고. 학교 행사 안내문도 그냥 냉장고에 붙여두기만 할뿐. 그렇게 내 달리기를 신경 쓰던 사람이 이제 와서는 체육대회에도 오지 않게 되었다. 달리기 시합에도 응원 온 적, 단 한 번도 없다.

뭐 솔직히 가족끼리 사이좋은 척 소꿉놀이 할 나이도 아니니까 딱히 상관은 없다. 기대 따위를 애초에 한 적이 없으니 상처받을 일도 없다.

나는 들큼한 규동을 단숨에 위장에 털어 넣고, 목욕탕으로 향했다.

6

다음날, 마유코가 학교에 올지 안 올지를 두고 토모야와 내기했다. 토모야는 '안 온다'에. 나는 '온다'에. 오늘 주스 값과 주말 영화 티켓 값을 걸고. 교실이 아니라 보건실로 바로 갈 경우 비긴 것으로 정했다. 간단히 말해 보건실 등교가 가장 가능성이 높다고 토모야나 나나 판단했다는 말이다.

아침 조례가 끝나고 교실로 들어가니 마유코가 책상에 푹 엎드린 채 앉아있는 모습이 보여 나도 모르게 으악, 하고 비명을 지르고 말았다. 머리카락이 유령처럼 덜렁 바닥으로 늘어져 있는 게 기분 나빴다. 내 목소리에 반응했는지 마유코가 고개를 든다. 머리카락을 좌우로 흔들고 손으로 정리하더니 시선을 이리저리 움직였다. 나는 눈을 안 마주치려고 노력하면서 토모야를 찾았다.

"너, 아침 연습 땡땡이 쳤지."

입술을 삐죽이며 불만을 토한다.

"아니, 그런 건 아니고."

토모야는 지금 그럴 때가 아니라는 느낌으로 마유코 쪽을 향해 턱짓했다.

"뭔 일 있었냐?"

"쿠자이 의자 밑에 한번 봐봐."

시선을 옮기자 둥근 물웅덩이가 보인다. 설마, 하고 생각했다.

"아냐 아냐. 저건 오줌이 아니라 오줌처럼 보이게 누가 일부러 화분 물을 흘린 거야."

"뭐? 왜?"

"나야 모르지. 내가 왔을 때는 벌써 저런 상태였어."

토모야는 굴러다니는 화병을 손가락으로 가리키며 말한다.

"잇페이, 걸레."

"어……."

"빨리."

내가 멀뚱히 서 있자, 토모야는 복도에서 걸레를 가져와 물웅덩이를 훔치기 시작했다. 황급히 나도 뒤따라 거들었다. 막 착한 사람처럼 보이려고 한 것도, 마유코를 도와주려고 했던 것도 아니었다. 하지만 그냥 묘한 분위기를 견디기 어려워서 그랬을 뿐이다.

"잇페이(一平)라는 이름, 평화(平和)가 제일(第一)이라는 뜻 아니었냐?"

토모야가 낄낄 웃으며 분위기를 풀어보려고 했다. 하지만 뭐랄까, 우리들이 반에서 조금 붕 뜬 것 같은 기분이 들었다.

마유코는 실내화가 젖지 않도록 책상다리인 쇠파이프에 뒤꿈치를 얹은 채, 우리가 무슨 짓을 하든지 반 아이들의 시선이 어디로 향하든지 신경 쓰지 않겠다는 태도를 무너뜨리지 않았다. 책을 읽는 것도 아니고 음악을 듣는 것도 아니고 그렇다고 공부를 하는 것도 아니다. 그저 턱을 괴고 창밖을 바라보기만 한다. 그 모습은 초등학교 때 유행한 '배리어'라는 단어를 떠오르게 했다. 이 괴상한 주문은 만지더라도 무적상태라는 뜻의 이상한 단어였다.

뭐라 말로 표현하기 어려운 근질근질한 기분을 떨치려고 "고맙다는 말 정도는 해도 나쁘지 않을 텐데."하고 토모야에게 빈정대보았지만, "뭐 어때, 괜찮잖아."하고 토모야는 가볍게 어르고 끝이었다. 괜히 빈정댔나?

하세켄이 너네 폼 잡지 마, 하고 시비를 걸어왔고, 여자아이 그룹은 우리를 흘겨보며 무시했다. 일부러 여자애들이 있는 쪽까지 손을 뻗어가며 닦는다. 비키라고 말하는 양 노려봤는데도 신경도 안 쓰고 바로 자기들끼리 큰 소리로 소란스럽게 떠든다.

그게 스타트 신호였을까? 마유코를 괴롭히는 왕따 가해는 점점 고조되어갔다. 그런데 이상할 정도로 그런 짓을 하는 쪽이 우스꽝스럽게 보였다. 마유코 자신이 전혀 동요하거나 당황하는 모습을 보이지 않은 것이다.

'쌩까는 것'도 어느 한 쪽이 데미지를 입어야 따돌림으로 성립되는 법이다. 지금 벌어지는 상황은 굳이 따지자면 공격하고 있는 쪽이 '개무시' 당하는 느낌.

마유코는 툭툭 건드리든 딴죽을 걸든 물건을 누가 어디에 숨겨놓든 안색 하나 변하지 않았다. 혼이 어디 다른 데로 유체이탈이라도 한 느낌. 그저 머리를 손으로 감싸고 방어할 뿐이다.

보통 이럴 때 여자라면 울음을 터트리거나 하겠지. 혹시라도 마유코가 보이는 반응이 등교거부에서 부활한 시람

만이 보일 수 있는 위업이자 기술이라 한다면, 나는 혁신적인 대처방법을 떠올렸구나, 하고 박수라도 쳐주고 싶었다.

어린애 같이 유치하다고밖에 할 수 없는, 수준 낮은 괴롭힘이 '나는 아직도 배가 고프다'도 아니고 계속 이어졌다. 마유코의 급식이 새하얗게 물들어있는 것을 봤을 때는 어이가 없어서 나도 모르게 니네 바보 아니냐는 말이 튀어나올 정도였다. 그날 메뉴는 미네스트로네와 롤빵과 코울슬로 샐러드, 무스와 우유였다. 전체를 하얗게 물들이고 있는 것은 내가 제일 싫어하는 우유였는데 마유코는 안색 하나 바꾸지 않고 먹기 시작했다. 후룩, 하고 소리를 내며 마지막 한 방울까지 다 마셔버렸다. 정말 대단하다는 말 말고는 할 말이 없다. 혹시 괜찮으시면 제 우유도 어떠하십니까, 하고 진상을 올리고 싶을 정도였다.

점심시간에는 모습이 보이지 않았다. 나는 한숨 돌렸다. '도와준다.'같은 정의감은 내 가게에 갖추고 있지 않아서 가능한 한 내 눈에 안 띄는 곳에 가줬으면 했다. 물론 따돌림이 없는 게 무엇보다 좋은 것이지만.

청소시간이 끝나고 교실로 돌아가는 도중 푹 젖은 마유코가 복도를 걸어가는 모습을 발견했다. 딱 봐도 당했다.

랄프가 마유코의 상태를 발견하고 말을 걸었다.

"쿠자이, 괜찮냐?"

"딱히요."

"학생지도실로 와라."

마유코는 랄프를 따라 간다. 그때 머릿속에서 흐르는 배경음악은 〈다나 다나(Dana Dana)〉*다.

교실에 돌아온 랄프는 매우 곤혹스러워했다. 피해신고를 제출하지 않으면 조사가 불가능하다, 라고 할까. 마유코는 따돌림을 당하고 있다는 사실을 인정하지 않았다고 한다. 쩌는 멘탈이다. 따돌리는 애들을 울릴 셈인가?

여자가 하는 행동은 언제나 본말전도라고밖에 할 말이 없다. 랄프가 마유코를 특별취급해서 꼴 보기 싫다면 그냥 놔두는 게 제일 좋다는 사실을 왜 모르는 걸까? 선생님이니까 걱정하는 게 당연하다. 거기에 선생님으로서의 감정 이상으로 특별한 감정이 있는 것처럼 보이지는 않는다. 랄프는 분명 부담스럽고 당황스러워하고 있을 뿐이다. 마유코가 따돌림을 받아 괴로워하다가 자살이라도 하지는 않을까 하고 말이다. 차라리 다시 등교거부하면서

---

* 이디시(동유럽 유태인) 노래. 일본어판은 음악 교과서에 자주 실렸다. 도축장으로 끌려가는 소를 안타까워하는 내용의 가사로, 여기에 빗대 일본의 인터넷 은어로 괴로운 일이 기다리는 장소로 끌려가는 상황을 가리키는 말로 쓰이기도 한다.

학교에 얼굴을 안 보이는 게 차라리 낫다고 생각하고 있을지도 모른다. 누구라도 책임은 지고 싶지 않은 법이니까.

다음날도 마유코를 향한 괴롭힘은 이어졌다. 처음 학교로 오고 난 뒤로 1주일이 지난 오늘도 물건을 던지거나 책상에 잔반을 집어넣거나 하는 스트레스 풀이라도 하는 듯한 괴롭힘이 이어졌다. 여전히 아무렇지도 않다는 태도를 무너뜨리지 않는 모습은 어떤 의미로는 훌륭했다. 나라면 절대 못 버틸 테니까.

7

"니들 집에 가서 공부 안 해도 괜찮은 거냐?"

쭈그리고 앉아 잡지를 읽고 있던 나랑 토모야한테 카메야의 점장이 쫓아내려고 말을 걸어왔다.

"죄송합니다-." 토모야가 실실 웃으며 사과했다.

"가끔은 좀 사라."

부드럽게 점장이 말했다. 이 점장은 카메야의 대를 잇기로 한 아들인데, 서른다섯 살이고 아내와는 이혼했다. 우리랑 나이차가 별로 안 나는 자식도 있는 모양이다. 어른의 사정이란 것인가 본데, 1년에 몇 번 못 본다고 한탄하곤 했다.

"한가하다고 저희한테 괜히 뭐라 하지마세요−."

"난 바쁘거든. 혼자서 가게 챙겨야 하니까."

"챙길 만큼 손님도 없잖아요."

"나도 알아, 이 자식들아."

점장이 삐치기라도 한 듯 입술을 삐죽인다.

틈을 놓치지 않고 토모야가 자판기에서 주스를 뽑아와 점장 앞에서 보란 듯 마신다. 점장이 머리를 벅벅 긁으며 가게 안으로 들어간다.

"자, 잇페이 씨. 이번 시험 경향과 대책 발표, 부탁드립니다."

토모야가 깊이 고개를 숙여왔다.

"그럼 이거랑 이걸 통으로 외울 것. 이상."

지금까지 나온 쪽지시험을 정리한 프린트를 건넨다. 토모야는 입학 초부터 반에서 2등을 유지하고 있는 모양이다. 참고로, 뒤에서.

"응? 그거 경향과 대책 아니지 않아?"

"됐고, 말한 대로만 해. 일단 머리에 쑤셔 넣을 수 있을 만큼 우겨넣어. 랄프는 여기서 말고는 시험 문제 안 낸다고 했으니까."

"수학은 어떻게 하면 좋을까?"

"야, 너무 많은 걸 바라는 거 아니냐? 눈앞에 닥친 영어에다가 일단 전력을 쏟으라고."

"아니 그래도 영어랑 수학 같은 날 보잖아."

"너한테 연립방정식을 가르칠 바에는 고양이한테 멍멍하고 짖으라고 가르치는 게 더 쉽겠다. 그냥 내 말 들어. 수학은 버려."

"잇페이, 너무한 거 아니냐-?"

"아아, 시험은 피곤하구만-." 내가 중얼거린다.

"졸업할 때까지 앞으로 몇 번을 더 이 짓을 해야 할까?" 토모야가 말한다.

"시험은 고등학교 가도 봐야 하니까. 대강 계산해 봐도 두 자릿수?"

"그럼 나 고등학교 안 갈래."

"요즘 세상에 중졸이면 어디서 취직 시켜주겠냐?"

"중졸이라도 성공한 놈 잔뜩 있지 않냐? 거 왜, 그······."

이때를 기다렸다, 라고 외치기라도 하듯 토모야는 중졸

로 성공한 사람들 목록을 줄줄 늘어놓는다. 정치가라든가, 유명기업 사장이라든가, 예능인이라든가, 만화가라든가, 아티스트라든가, 학교 교육 따위 보다 훨씬 어려운 무언가를 익히고 갈고 닦고 노력해온 사람들이 분명한 사람들을. 그리고 그 사람들에게는 내게 없는 거창한 꿈같은 게 있었을 것이다.

"현실도피 하지 마." 위로할 맘으로 토모야의 어깨를 가볍게 토닥였다. 넌 그만한 그릇이 못 돼, 하고.

"아아아, 공부하기 싫다아아아ー."

우리의 불만은 이어진다. 평소와 다름없이.

"누가 사건이라도 터트려주면 좋을 텐데ー."

모든 걸 포기하듯 내가 말한다.

"그러게." 뭐든 편승하는 타입인 토모야가 말한다.

"아주 살짝 소란만 피워줘도 되는데 말이지."

"예를 들면?"

"누가 시험지를 훔쳤거나, 폭탄을 설치했다는 문자가 돈다거나, 수상한 놈이 학교 안을 어슬렁거린다거나?"

"하하하하핫. 그거 좋네, 누가 안 터트려주려나? 사고."

결국 토모야도 남에게 의존. 우리는 스스로 먼저 행동에 나설 용기도 뒷심도 없다.

"앗!" 나와 토모야의 목소리가 겹친다.

영화관에서 막 나온 모양인 마유코가 우리 앞을 지나친다.

"어, 저기." 내가 말을 건다.

"왜?"

"아니, 그냥."

마유코는 우리를 슬쩍 보더니 떠났다.

"뭔 말 하려고 했었는데?"

"왜 갑자기 학교 다시 나올 마음이 들었는지 물어볼 생각이었긴 한데."

"딱히 대단한 이유 같은 게 있겠냐?"

토모야가 영어 프린트를 다시 읽는다.

그 뒤로 우리는 한 시간 정도를 자판기 옆 벤치에서 보내다가, 비가 오기 시작해서 돌아갈 준비를 했다. 접이식 우산을 펴고, 걸음을 뗀다.

상점가를 빠져나오자 순식간에 날이 캄캄해졌다. 군데군데 길가에 선 가로등이 겨우 발밑을 비추어주었다.

집으로 돌아오자 식탁 위에 컵라면 세 개로 탑이 쌓여 있었다. 남겨놓은 쪽지 같은 것은 없지만 저녁밥은 이거로 때우라는 말이겠지. 누나는 소파 위에 다리를 쩍 벌리고 텔레비전을 보고 있었다. 거실 테이블을 보니 피자를 시켜먹은 모양이다. 치사하게 자기만 홀랑 시켜먹고. 누나는 기름이 묻어 번들거리는 손가락으로 리모컨을 집어 녹화 준비를 시작했다. 새끼손가락 끝으로 조작하고 있는데, 지저분하기는 마찬가지다.

"그거 먹어도 돼?"

"뭐? 될 리가 없잖아." 찌릿, 나를 노려본다.

"치사하게. 어차피 남기잖아."

내 불만을 무시하고 텔레비전으로 시선을 돌린다. 콜라로 병나발을 불면서 천박하게 웃는 모습을 보니 열 받기 시작했다.

"엄마는?"

"야마다 아줌마네 간다고 나갔어."

야마다 아줌마는 엄마의 같은 동네 학부형인 한류 친구다. 그쪽 집은 남편이 기러기 남편이고 자식은 이미 다 커서 도쿄의 대학을 다니는 모양이라, 엄밀히 말하면 학부형은 아닐지도 모르겠다. 시간이 썩어 남아도는 중년 여성이라는 표현이 훨씬 잘 어울린다.

"콘서트 언제 한다고 했지?"

"몰라."

전기포트에 끓여둔 물이 있기는 하겠지만, 언제 끓여둔 물인지 알 수 없으니 주전자로 새 물을 끓이기로 했다. 표면이 검붉게 타버린 주전자는 철수세미로 몇 번을 닦아도 얼룩이 지워지질 않았다. 안을 꼼꼼하게 씻고 물을 붓는다.

이 집에 사는 인간들은 모두 엉망진창이다. 소스나 드레싱 뚜껑도 쓰고 제대로 안 닫아서, 냉장고에 그냥 쓰러진 채로 집어넣어 안에 다 흐르고 끈적끈적 난리가 나는 게 일상다반사. 어제 먹은 저녁밥 남은 것도 랩으로 싸지 않고 그대로 아침에 내놓고, 빨래는 빨래망은커녕 색깔 별로 분류해서 빨지도 않는다. 말려서 갠 다음 장롱에 넣는 행위 자체를 시간과 힘 낭비라고 생각하는 엄마의 방침 때문에 빨래는 세탁기 위에 붙은 건조기에 그냥 방치되어 있고, 입을 때는 거기서 바로 꺼내서 입으라는 암묵적인 규칙까지 생겼다.

컵라면 면발을 후룩거리며, 누나가 틀어놓은 텔레비전 채널을 멍하니 바라보는 와중에 시간이 지났다. 냉장고 안에는 보리차도 없어서 있는 것이라고는 유통기한 지난 조미료 뿐. 어쩔 수 없으니 수돗물을 컵에 담아 마신다.

한발 늦게 돌아온 아빠가 불평 한마디 없이, 아니 오히려 아주 맛나게 컵라면을 먹는 모습이 한심해보였다.

8

다음날, 눈을 뜨자 엄마는 이미 보이지 않았고, 식탁에는 가게에서 사온 빵 세 개가 놓여있었다. 소시지 빵을 골라 집을 나왔다. 포장지를 찢고 한 입에 반을 뜯어먹었을 때 즈음 삐롱, 하고 짧은 소리가 울렸다.

[큰일이야. 늦잠 잤다.]

토모야가 LINE 메시지를 보냈다.

[공부는 했나?]

어깨랑 턱 사이에 우산을 끼운 채로 왼손으로 빵을 들고, 오른손으로는 스마트폰을 하면서 걷는다. 어제 저녁부터 계속 비가 내린다. 우산을 쓰고 스마트폰을 만지는 게 좀 귀찮다. 신호등이 바뀌기를 기다리는 시간이 아까워서 비스듬히 횡단해 도로를 건넜다.

[잠깐 눈 붙이고 공부하려고 한밤중에 알람 걸어뒀는데, 정신 차려보니 아침이었어.]

[걱정 노노.]

곧바로 위로하는 메시지를 보냈는데도, '다 끝났어.'하고 절망적인 이모티콘을 팍팍팍 연달아 보내왔다. 몇 번 이걸 반복한 뒤에, 메시지가 끊겼다. 내가 보낸, 어쨌든 일단 우리 힘내자는 메시지가 마지막이었다.

오늘부터 중간고사가 시작된다. 겨우 이틀간, 하지만 이틀씩이나 걸리는 전투다. 아무리 공부해도 부족하다. 해도 해도 만족스러운 느낌을 못 얻는다. 이 고통에서 벗어나는 게 도대체 언제일까?

학교에 도착해보니 반장인 모리사와 코우스케 자리에 남자애 몇 명이 빙 둘러서 있었다.

"너 어제 왜 학교 안 나왔는지 말해보라니까?"

"아니……. 감기 걸렸었다고."

"그럼 그저께는?"

"감기."

아마, 이런 대화가 이어지고 있는 모양이다. 이 광경도 시험기간 공감요소에 넣는 게 나을지도. 모리사와는 꼭 시험 보기 2~3일 전부터 학교를 안 나오는 모양이다. 체육이나 가정과 수업을 받을 틈이 있으면 그 시간에 집에서 시험공부나 하는 편이 낫다고 생각하는 것일까? 이 법칙을 누군가가 깨닫고 모리사와를 괴롭히기 시작했다. 매번 전교 10등 안에 드니 다른 애들이 불만을 토로해도 할 말 없겠지. 내 생각에 이런 건 괴롭힘 축에도 안 들어간다. 아슬아슬하게 세이프라고나 할까?

휘적휘적 하세켄이 모리사와에게 다가가 뭐라고 속삭인다. 모리사와가 눈살을 찌푸리며 분노를 참으려는 양 입술을 꾹 다문다. 하세켄은 어릴 때부터 골목대장 기질이 강했고, 뭘 하든 눈에 띄는 형에게 열등감을 품어왔다. 공부만큼은 지고 싶지 않다는 마음이 강하다.

얼마 전 쪽지시험 때 나는 하세켄의 비밀을 알아버렸다. '마법의 펜'을 쓰고 있었던 것이다. '마법'이라고는 해도 알아서 문제가 술술 풀리는 판타지 게임 속 아이템 같은 건 아니다. 게다가 이 펜이 활약하는 것은 시험기간 중이 아니라 채점이 끝난 답안지가 돌아올 때다. 선생님은 한 문제 씩 문제와 답을 읽고, 질문이 있으면 설명도 해준다. 틀렸다고 그냥 넘기지 않고 오답을 체크하기 위해서, 그리고 혹시라도 채점이 잘못 되었을지도 모르니 확인하기 위해 거치는 과정인데, 하세켄은 이걸 악용한 것이다.

"선생님, 여기 정답 썼는데 틀렸다고 채점 잘못되었는데요." 하고 아무렇지도 않게 떠벌리며 점수를 고쳐달라고 하는 반칙수를 둔다.

나는 봤다. 몇 번이고 찰칵찰칵 펜 끝을 눌러대며 답안지에 답을 적어 넣는 순간을. 정말 깔끔한 수법이었다. 자세히 안 보면 아무도 모를 것이다.

마법의 펜은 겉으로 보기에는 평범한 색깔 펜으로 보이지만, 빨간 펜, 샤프, 가늘고 긴 지우개가 내장되어있다. 평범한 지우개로 지우고 샤프로 답을 바꿔 적었다면 바로 다른 애들도 알아차렸을 것이다. 게다가 답을 맞출 때는 빨간 펜 말고는 책상 위에 놓으면 안 된다는 게 규칙이다. 하지만 펜이 하나만 있으면 의심받을 일도 없고, 바꿔 적는 게 가능하다. 인터넷으로 찾아보니, 자기 입맛에 맞추어 내용물을 골라 끼울 수 있는 다기능 펜 '하이테크C 콜레트'라는 상품이 나왔다. 카메야에는 안 팔지만 인터넷 쇼핑몰에서는 살 수 있다. 하세켄은 이 펜으로 사기를 친 것이다.

비열한 자식. 이딴 놈은 커서도 멀쩡한 어른이 못 되고 결정적인 순간에 실패하게 될 거라고 생각한다. 치사하게 학교를 쉬면서 시험공부 하는 모리사와 쪽이 차라리 낫다. 뭐, 둘 다 치사한 것은 매한가지지만.

가방을 놓자마자 어제 정리한 수학 공책을 펼쳤다. 이제 와서 본다고 딱히 효과가 없다는 것은 나도 안다. 그래도 안 보면 불안하다.

토모야는 아직 도착하지 않은 모양이다. 뭐하는 거야? 학교 안에서는 휴대폰이나 스마트폰 전원을 꺼놓는 게 규칙이기는 하지만, 몰래 LINE 화면을 보니 마지막으로 보낸 메시지가 아직도 '읽지 않음'상태였다. 깜빡하고 뭘 놓고 와서 가지러 갔다가 늦는 거 아닐까?

문득 마유코가 신경 쓰여서 창문 쪽으로 시선을 돌렸다. 없다.

지각인가? 아니면 다시 등교를 거부하기 시작한 건가? 어쨌든 없는 편이 차라리 낫다. 따돌림에 관여 하지는 않지만, 보기만 해도 괴롭다. 보고도 못 본 척 하는 것도 결국 따돌림의 일종이라고 세상 사람은 말한다. 하지만 그런 논리는 아무리 생각해도 납득이 안 간다. 구해주고 싶어도 구할 수 없는 상황이 있을 게 아닌가? 그런데도 계속 왕따 가해자라는 식으로 따지면 곤란하다. 그럼 따돌림 당하고 있는 놈은 바로 교실에서 꺼져줘라. 그렇게 평화가 유지된다면 그게 가장 좋다.

유명한 어류학자*가 말했다. 벵에돔 몇 마리를 좁은 수조에 넣으면 한 마리를 따돌리고 모두가 공격하기 시작하는데, 그 한 마리를 구해준다 하더라도 남은 무리 가운데 한 마리를 골라 다시 따돌리는 현상이 이어진다고. 넓은 바다 속에서는 일어나지 않을 일이다, 라고 했다.

갑자기 스피커에서 소리가 났다. 잡음 섞인 목소리로 버벅거리며 말했다.

[학생 여러분은 지금 바로 체육관으로 모여주시기 바랍니다.] 말투가 왠지 다급하다.

갑자기 뭐지? 시험 첫날부터 집합이라니.

9

체육관으로 이동하자 모리사와가 피곤한 표정으로 인원 체크를 시작했다. 시험 볼 때 평소 루틴대로 돌아가야 하는데 방해를 받아 짜증난 모양이다. 평소보다 거센 목소리가 날아든다. 내신 성적을 잘 받으려고 울며 겨자 먹기

---

* 일본의 코미디언이자 명예 어류학 박사 사카나쿤(さかなクン, 생선군이라는 뜻)을 말한다. 특이한 행동으로 어린 시절 따돌림 피해자로, 어류에 관한 뛰어난 지식으로 극복하고, 후에 이를 퀴즈쇼에서 피로한 것을 계기로 데뷔하게 되었다.

로 반장을 하고 있다는 소문이다. 애들이 떠들어서 그런지 아직 학교에 안 온 토모야도 온 것으로 처리되었다.

학생은 모두 뭔 일이래? 뭔 일 났어? 하고 약간 흥분한 얼굴로 소란스럽다. 행사도 없는데 긴급소집. 서프라이즈를 좋아하는 여자애들은 연예인 오는 거 아니야? 같은 소리나 하면서 난리를 친다. 인기 가수가 갑자기 나타나서 노래를 불러주는 패턴의 몰래카메라 방송 같은 게 아니냐는 헛소리였는데, 이런 시기에 올 리가 없잖아, 하고 속으로 중얼거렸다.

"이 놈드을, 조용히 안 해애! 빨리 앉아!" 이가라시의 굵직한 목소리가 체육관에 울려 퍼졌다.

조금씩 목소리가 잦아들자, 이번에는 헛기침이 연쇄적으로 이어진다.

괜히 그렇게 생각하고 봐서 그런지, 선생님들 얼굴이 무섭다. 찌릿찌릿 하는 긴장감이 전해져 온다. 교장이 들어오자 단숨에 묵직한 분위기로 변한다. 교장은 천천히 단상으로 올라간다.

호령이 울리고 일동이 고개를 숙인다.

"좋은 아침입니다. 오늘 아침 너무나 슬픈 사고가 일어났습니다."

그 순간 뇌리를 스치고 지나가는 토모야의 얼굴.

설마……. 기분 나쁜 예감이 든다.

"2학년……."

어금니를 꽉 깨물고 내 예상이 틀리기를 빈다.

"5…… 반의 류 카즈히코가 등교 중 차에 치었습니다."

다행이다, 하는 안도의 한숨도 한순간, 비명소리와 닮은 놀라는 목소리가 메아리친다.

일명 류짱, 류 카즈히코는 나랑 같은 B초 출신으로, 방과 후에 자주 놀던 사이였다.

"등교하는 중에 류는 '걸으며 스마트폰*'을 한 모양입니다."

아줌마 말에 따르면 영어 단어를 외우는 앱을 하고 있었던 모양인데, 계속 안 된다고 반대하던 스마트폰을 사준 지 얼마 되지 않았다고 한다.

교장의 설명은 그 뒤로 전교생을 설교하는 내용으로 변했다. 걸으며 스마트폰이 얼마나 위험한지를 끝없이 이야기하는 교장에게 이가라시가 귓속말로 메시지를 전달한 순간 모두가 최악의 결말을 각오했다.

---

* 일본에서는 걸으면서 스마트폰을 쓰지 말자는 캠페인이 벌어졌다.

류짱은 병원에서 숨을 거둔 모양이다.

묵념. 머리를 숙이는 바퀴벌레들.

교실로 돌아오니 토모야가 멍하니 정면을 향한 상태로 앉아있었다. 창 쪽 자리에는 마유코가 책상에 엎드려있다.

"뭐야, 언제 왔어?"

어중간한 느낌으로 말을 거니 토모야가 고개를 돌린다. 마유코는 미동도 않는다.

"류짱이 죽었어." 떨리는 목소리로 토모야가 말했다.

"응. 아까 교장이 그랬어."

"나, 거기 있었어."

"있었다니, 사건을 목격한 거야?"

"쿠웅 하는 소리가 나서 고개를 들어보니 류짱이 하늘에 날아가고 있었어……. 땅에 철퍼덕하고……. 머리에서 피가 주르륵 하고……. 운전하던 사람이 어떡하지? 큰일이야! 하고 소리 지르고……. 나도 패닉상태라 울면서 난리쳤거든……."

"됐으니까, 진정해."

"운전하던 사람이 내 잘못 아니지? 하고 니힌테 몇 번이고 물어보는 거야. 이 자식이 갑자기 뛰쳐나온 거잖아, 하고. 근데 나, 잇페이랑 LINE 하느라 정신이 없어서 사고 상황을 잘 몰라서……. 경찰도 이것저것 물어봤는데 뭔가 그냥……."

"본 건 제대로 다 이야기 했잖아? 그럼 괜찮을 거야."

토모야의 이마에는 땀이 한가득 흘러내렸다. 두 손을 단단히 깍지 낀 채로 어깨를 떨고 있다.

문득 LINE의 '읽지 않음'과 함께 마지막으로 내가 보낸 메시지가 머릿속에 떠올랐다. 하마터면 토모야가 사고를 당했을지도 모른다는 생각이 들자 소름이 돋았다. 나는 토모야가 아니라서 다행이라고, 마음 속 깊이 안도했다. 사고를 당한 게 류짱이라서는 아니다. 나랑 LINE을 하다가 토모야가 차에 치인다니, 나중에 밝혀지면 큰일이라고 생각했기 때문이다. 나는 나 자신이 싫어졌다. 친구가 죽었는데도 그런 일 말고는 생각하지 못하다니. 어쩜 이렇게 나밖에 모를까, 나란 놈은. 최악이다.

"나, 들어버렸어……."

"뭐를?"

"류짱 목소리……."

"뭐라고?"

"아악! 아악! 으아아아아아악!" 토모야가 미친 사람처럼 울면서 외친다.

"알았어, 알았으니까 진정해." 어깨에 손을 얹고 살짝 등을 쓰다듬어주었다.

머리카락을 엉망으로 헝클어뜨리고 우는 토모야를 달래는데 필사적이었다. 그 뒤 토모야는 몇 번이고 "나, 들어 버렸어." 하고 반복했다.

교실로 돌아온 여자애들의 꺅꺅거리는 소리가 들린다.

"뭐야, 이거? 완전 이상하지 않아?"

"으아~! 뭐야 이거?"

"비둘기 사체 사진 아냐? 완전 기분 개더러워."

"그거 보다 여기 쓰여 있는 〈게임을 계속〉 어쩌구가 더 무섭지 않아?"

"나, 답 바로 알겠는데."

"어? 진짜?"

"그니까, 그게 뭐냐면⋯⋯."

"헐."

"누가 쓴 걸까나?"

"근데 있잖아, 굳이 비둘기를 죽일 필요가 있나?"

"장난이라고 하기엔 너무 질이 나쁜데."

류짱이 죽은 지 얼마나 되었다고, 이 자식들은 뭘 알고 떠들고 있는 건가? 이런 때는 눈치껏 조용히 있으라고.

부들부들 떠는 토모야에게 하세켄이 엄청난 스피드로 다가왔다.

"그거 네가 한 거냐?"

"뭔 소리야?"

토모야 대신 내가 대답한다.

"잇페이 넌 닥치고 있어. 토모야, 네가 했냐고. 말 안해?"

토모야는 무슨 말인지 이해가 안가는 모양인지 그저 고개를 가로 저을 뿐 하세켄의 태도에 겁먹고 있었다. 나로서는 하세켄이 왜 토모야를 괴롭히는지도 모른 채 곤혹스러웠다. 곧바로 하세켄이 스마트폰 화면을 내보였다. 비둘기 사체가 눈앞으로 불쑥 모습을 드러내 나도 모르게 눈을 피했다.

"뭐하는 건데, 지금?"

"사진 밑에 글자 보라고."

하세켄이 손가락으로 가리킨 곳을 본다.

〈자, 그럼 게임을 계속합시다. 문제가 기억이 안 나시나요? 비둘기는 죽이면 죄가 되지만, 마음대로 죽여도 죄가

되지 않는 것은 뭘까요?〉

아까 여자애들이 난리치던 게 이거였나.

"일단 좀 진정부터 하고 이야기하자고……."

나는 토모야가 류짱의 사고를 목격한 쇼크로 패닉상태
라는 사실을 설명했다.

"네가 한 게 아니라 이거지?"

하세켄은 한마디 중얼거리더니 자기 자리로 가서 앉았
다.

아무래도 학교의 비밀 게시판이라는 데에 올라온 글인
모양이다. 익명 게시판으로 판을 깔은 덕에 평소 감추고
있던 마음을 토로하는 사이트가 되었다. 지금까지 존재는
알고 있었지만 이용한 적도 없고, 들여다 본 적조차 없었
다. 선생님들은 눈에 불을 켜고 게시판을 삭제하려고 손
을 쓰는 모양인데, 비슷한 게시판이 차례로 새로 생기다
보니 도저히 더 손을 쓰지 못한다는 이야기를 들은 적이
있다. 선생 대 학생의 일진일퇴 꼬리잡기 놀이인 셈이다.

"토모야, 저 자식이 왜 너를 의심하는 거냐?"

"몰라."

더 물어보고 싶은 게 많았지만 지금은 일단 혼자 두는
게 가장 좋을 것 같다고 판단했다. 내 스마트폰으로 익명

게시판을 열어봤다. 올린 시간은 9시였다. 마침 전교생 조회로 체육관에 있었을 때다. 아마도 하세켄은 그 자리에 없었던 토모야를 수상하게 여긴 모양이었다. 하지만 왜 그렇게 말투가 화가 난 상태였는지가 신경 쓰인다.

무언가 메시지를 보내는 걸로도 보이는 '게임을 계속' 문제의 답을 한참 생각해 보았지만 전혀 알 수가 없었다.

그 뒤로 토모야는 바로 조퇴했다.

긴급 조례 후 교직원 회의가 열려서 중간고사를 내일로 연기하는 것으로 결정되었다고 한다.

약간, 죄악감과 안도감이 내 가슴을 엉망진창으로 휘저어 놓았다.

10

다음날, 토모야는 학교에 오지 않았다. LINE을 보내도 답장이 없었다. 걱정이 되어 방과 후에 집으로 찾아가 보자고 마음먹었다.

원래대로라면 오늘이 중간고사 마지막 날이 될 예정이었다. 하지만 하루가 밀리는 바람에 월요일로 연기되었다. 그래서 주말 부활동은 예외 없이 모두 취소. 그저께의 내게 말해주고 싶다. 시험이 중단 될 정도의 사건 같은 건 안 터지는 게 더 좋다고.

아침조회 때 류짱의 장례식 장소와 조문일정 안내가 있었다. '오늘 밤 7시, 마고코로 회관'이라고 적힌 유인물이 교실 뒤쪽 칠판에 공지되었다. 시험기간 중이라도 가능하면 다녀왔으면 한다고 했다. 강제는 아니라고 말했지만 난 갈 생각이었다.

랄프가 교실을 나가자, 하세켄이 "넌 어떻게 할 거냐?" 하고 물어왔다. 이 자식은 지금 같은 반 친구가 죽었는데 시험이 더 중요하다는 느낌이다. 난 짧게 "가."하고 대꾸했다.

솔직히 지금 시험이 문제가 아니다. 뭐랄까, 마음이 어지러워서 집중이 안 된다. 영어 듣기평가는 언제 시작해서 언제 끝났는지도 몰라서 전부 그냥 찍어서 냈다. 수학시험 때는 X가 어쩌고 Y가 어쩌고 하는 걸 보다가 '게슈탈트 붕괴'*가 일어났다.

급식도 귀로 들어갔는지 코로 들어갔는지 몰랐다. 제일

---

* "정신붕괴"를 뜻하는 인터넷 유행어로, 존재하지 않는 엉터리 개념이다. 같은 자극을 반복해서 경험하면 생경하게 느껴지는 '게슈탈트 파괴(= 의미 과포화 현상)'라는 심리학 용어는 있으나 의미가 다르다.

좋아하는 카레와 요구르트 샐러드였는데도 식욕이 일지 않아서 반을 남겼다. 뭔지 모르겠지만 가슴 언저리가 조이는 감각을 느낀다. 그 감각은 마유코와 이야기해서인지도 모른다.

청소시간이었다. 나는 쓰레기통 담당이었다. 청소를 솔선해서 하기는 귀찮다는 이유에서 하겠다고 나섰는데 이유는 모르겠지만 다들 고마워했다. 쓰레기통에서 쓰레기 비닐봉지를 꺼낸 순간 빨간 실내화가 바닥 쪽에 들어있는 게 보였다. 비닐봉지를 건물 밖 쓰레기장으로 가져가 보는 사람이 아무도 없는 걸 확인한 후 봉지에서 실내화를 꺼내보았다. 이름은 안 쓰여 있었지만 짓밟힌 흔적이 있거나 껌이 붙은 게 마유코의 신발이라는 사실을 말해주고 있었다. 엄지와 검지 끝으로 살짝 잡아 올려서 어떻게 전달해야 하나 고민하고 있는데 생물실 쓰레기 봉지를 든 마유코가 나타났다. 마침 잘됐다고 생각해 말을 걸었다.

"이거, 찾았는데."

그러자 퉁명스러운 태도로 "필요 없어."라고 대답하는 게 아닌가?

"그럼, 버릴까?"

"맘대로 해."

외부를 차단하듯 덮은 묵직한 앞머리가 마유코 얼굴에 그림자를 드리운다. 가능하면 아무것도 보고 싶지 않다고 말하는 것처럼 눈가를 가리고 있었다.

"저기 있지, 요새 문득 생각했는데 사람이 친절하게 대하면 최소한 고맙다는 말은 해야 하는 거 아니야?"

"누가 해달래?"

"뭐어?"

"그 정도로 날 도와줬다는 식으로 굴지 마."

"난 딱히……."

"괜한 짓 하지 말라고."

"말을 뭐 그렇게 해? 사람이 기껏……."

하고, 항변하려는데 마유코는 내 손에서 실내화를 빼앗으려다 떨어뜨리고 말았다.

"다 네 탓이거든?"

마유코는 중얼거리며 나를 노려본다.

아 진짜, 사람이 친절하게 대해주면 그럴 때마다 이렇게 매번 이딴 식으로 대하나? 불쾌한 기분이 들었지만, 대꾸는 하지 않기로 했다.

"지금처럼 애들한테도 대꾸해보지 그래? 그럼 애들도 인 괴롭힐 거 같은데."

"평화가 제일인 잇페이, 아니었어?"

"그건 토모야가 맘대로 붙인 말이거든?"

돌풍에 실려 운동장 모래가 춤을 췄다. 마유코가 앞머리를 꾹 누르면서 몸을 움츠렸다. 손으로 가려서 표정이 잘 안 보인다.

"너, 도대체 뭘 하려고 학교에 나오는 거야?"

"실험과 관찰."

"뭐?"

"복수……, 라고 하는 게 알아듣기 쉬울까?"

마유코가 농담처럼 말한다. 좀 짜증나기 시작했다.

"장난치지 말고, 반 애들이랑 잘 지내려는 노력이나 하라고. 네가 먼저 행동하지 않으면 아무것도 안 바뀌니까."

흐응, 마유코가 코웃음 쳤다.

나는 마유코를 노려봤다.

"시험 중단은 안 됐지만 연기라도 됐으니 다행이네?"

마유코는 불길한 웃음을 지으며 떠난다. 쟤, 나랑 토모야가 하던 이야기 엿들었구나?

교실로 돌아가는 도중, 그녀가 말한 복수라는 단어가 누구를 향한 말이었는지 생각해봤다. 등교거부를 하게 만든 그녀를 괴롭힌 여자애들인지, 도와주지 않은 전원인지,

아니면 특정 인물인지, 잘 모르겠다.

결국 떨떠름한 채로 학교가 끝날 때를 맞이했다.

어쨌든 간에 일단 빨리 토모야 집에 가보자.

11

교문을 나서면서 토모야의 스마트폰으로 전화를 걸어보 았지만, 전원이 꺼져있어— 라는 메시지만 들려왔다.

원래부터 성격이 착하고 상냥한 녀석이다. 류짱이 당한 사고는 내게도 정말 슬픈 일이고, 괴롭다. 사고현장을 봤 다고 하면 상당한 트라우마가 되었을 게 뻔하다. 하지만 사고는 토모야 때문에 일어난 게 아니다. 류짱이 한눈을 팔아서 그런 거다. 운이 나빴다고 생각하는 수밖에 없다.

LINE만 안 했더라면…… 딱 몇 분 빨리 집 밖으로 나왔 더라면…… 류짱에게 말이라도 걸었다면…… 사고를 막을 수 있지 않았을까? 하고 토모야가 자기를 탓한다면 작게 나마 나한테도 책임이 있다. 내가 토모야에게 LINE을 보 내지만 않아도 토모야는 류짱의 위험을 빨리 알아차렸 을지도 모른다. 하지만 모든 가능성에 '했디라면'을 붙인다면 끝도 없다.

토모야 잘못도 아니고, 내 잘못도 아니다.

토모야 집으로 향하는 와중에 나는 마음속으로 그렇게 중얼거렸다. 마치 스스로에게 들려주듯.

일단 오늘은 마음이 편해질 때까지 이야기를 들어주고, 밖으로 데리고 나가서 콜라라도 사 먹이고, 영화도 같이 보고, 시답잖은 잡담이나 하면서 아주 약간이라도 기운이 나게끔 해주자고 생각했다.

엄지발가락에 힘을 줬다. 아스팔트를 찬다. 서서히 속도를 높인다.

류짱의 집 주변은 생각보다 사람이 적었다. 좀 더 학교 관계자나 친척들로 가득한 걸 상상했는데, 평소랑 딱히 다르지 않은 광경이었다. 어제 류짱의 집에 B초 선생님들 몇 명이 왔었다고 여자애 중 한 명이 말했다.

살짝 멋을 부린 조립식 가건물 같은 단층집이 몇 채씩 늘어서 있는 주택단지 안에서, 류짱의 집은 가장 오래된 집이라고 강조하기라도 하는 듯 금이 간 외벽과 금방 무너질 것 같은 베란다 난간을 드러내고 있었다. 지저분한 커튼, 산업용 종이테이프로 때운 유리창, 한쪽만 있는 장화, 깨진 채로 둔 화분. C동 102호가 류짱의 집인데, 옆집인 101호실에 류짱의 할아버지가 살고 있어서 놀러갈 때마다 "집에서 게임이나 하지 말고, 나가서 놀아!"하고 혼나곤 했다. 설마 그 할아버지보다 50살이나 어린 류짱이 먼저 떠날 줄이야, 누가 상상이나 했을까?

괜히 그리운 기분이 들어 달리기를 멈췄다. 미끄럼틀하고 그네밖에 없는 휑한 공원을 지나자 신축 공동주택들이 떼로 이어져있었다. 언제 지은거지. 포장된 도로는 아스팔트 색이 진해 원래 있던 도로에 덧씌운 티가 확 나서 경계선처럼 되어있었다. 마치 동네 사람과 그렇지 않은 사람을 구별하기라도 하듯이.

전신주에 붙은 '스쿨존'이라고 적힌 녹색 표지판을 보자 다리가 멈췄다. 이 앞이 사고현장이다. 길가에 압도될 정도로 많은 꽃이 놓여있다. 과자나 주스도 놓여있다. 합장하며 명복을 비는 동네 사람들의 모습.

텔레비전 뉴스에서 자주 보던 광경이다. 이거, 누가 치울까? 시답지 않은 생각만 머릿속을 맴돈다.

나는 분명히 그 자리에 있었지만 똑바로 보지는 못했다. 공포영화를 볼 때처럼 게슴츠레 실눈을 뜨는 느낌으로 어떤 것에 거부반응을 보이고 있었다. 어쩌면 그것은 류짱의 핏자국이었을 수도 있고, 망령 같은 깃일지도 모른다.

어쨌든 나는 그 장소에서 빨리 떠나고 싶었다.

어렸을 때부터, 죽음을 강하게 떠올리면 호흡이 엉망이 되어 숨쉬기가 어려워져 어찌할 바를 모르게 되는 이상한 증상이 덮쳐오곤 했다. 사후세계나 삶의 의미나 죽는 순간의 고통을 상상하면 가벼운 발작 같은 게 일어난다. 눈앞에 있는 인간의 시체나 벌레 사체에서 느껴지는 게 아니라, 어디까지나 나 자신의 죽음을 상상할 때 비로소 일어나는 현상이었다. 한밤중 방의 불을 껐는데도 잠들지 못하는 불면의 밤, 이 현상이 자주 일어났다. 심장박동이 빨라지고, 호흡이 거칠어지고, 땀이 줄줄 흐른다. 스스로 생각해봐도 좀 이상하다 싶어 구글로 검색해보니 똑같은 증상을 보이는 사람이 의외로 많았고 심지어 병명까지 있어서 깜짝 놀랐다. '타나토포비아(Thanatophobia, 고립된 죽음 공포증)'라고 하는 모양이다. 병명 주제에 뭔가 좀 멋있는 느낌. 그 뒤로는 더 이상 생각하지 않으려고 노력하고 있다.

전력질주.

밭을 가로지르는 좁은 밭고랑 길을 나아간다. 정비가 덜 된 길이라서 자갈이 발바닥을 찔러 아프다. 점점 집이 드문드문 줄어든다. 토모야의 집은 산기슭에 있다.

이미 몇 년 전부터 망가져있는 초인종은 누른 다음 잡아당겨야만 단추가 원래대로 돌아온다. 안 그러면 영원히 울리게 된다. 짧게 누르고 엄지와 검지로 잽싸게 버튼을 당긴다. 그러자, 할머니 목소리가 들려왔다.

"저기, 잇페이인데요. 토모야 있어요?"

"잠깐만 기다려라."

토모야네 부모님은 농사일을 하셔서 낮에는 집에 없을 때가 많았다.

할머니가 몇 번이나 "토모? 얘 토모야아."하고 부르는 소리가 들려왔다. 토모야는 반응이 없다.

"미안하구나, 기껏 여기까지 왔는데."

"들어가도 괜찮을까요?"

할머니는 걱정스러운 얼굴로 나를 맞아주면서, 토모야는 밥도 안 먹고 말을 걸어도 대답도 않고 가끔씩 방에서 부스럭부스럭 소리가 날 뿐이라고 설명해주었다.

계단을 천천히 올라간다. 가장 최근에 온 게 1주일 전이다. 딱히 뭘 하러 오는 게 아니라 과자를 먹거나 게임을 하면서 한도 끝도 없이 시간을 축냈다. 여기에 제3자가 낀다면 좀 더 여러 가지 놀 거리가 있겠지만 둘만 있으면 보통 그런 느낌이다. 결국 오늘두 그런 느낌으로 끝나겠지,

하고 생각하며 찾아왔다.

"야―, 토모야. 나 잇페이인데."

응답 없음.

"야―, 문 좀 열어봐."

닫힌 문 너머로 말을 걸어봤지만, 응답 없음.

"왜 그러냐? 너 답지 않게."

한참 침묵이 이어졌다. 한숨에 섞인 혀 차는 소리가 들렸다.

"그냥 가."

겨우 토모야가 문을 열어주었다.

"뭐야 왜 그러는데? 몸 컨디션 안 좋냐?"

"미안."

"갑자기 왠 사과냐? 뜬금없게."

"미안."

"에이, 됐으니까. 같이 게임이나 한판 하자."

"미안. 가라."

천천히, 문이 닫히고 말았다.

한동안, 다시 말을 걸어 보았지만 돌아오는 답은 "미안." 말고는 없었다. 나는 또 오겠다고 전한 뒤 토모야네 집을 떠났다.

12

결국 답을 찾지 못한 채로 정신을 차려보니 우리집 앞이었다.

"왔어요-." 현관 앞에서 신발을 벗는데, 엄마가 "잠깐만." 하고 목소리를 낮추고 말하면서 서두른 발걸음으로 달려왔다.

"어? 헤어스타일 바꿨어?"

"으이구. 그건 있다 이야기하고, 너 오늘 류네 장례식장 갈 거지?"

"갈 건데."

"빨리 준비해." 싸구려 진주 목걸이를 채우며 말한다.

"그냥 이대로 갈 건데."

"자고 일어나서 머리 안 감았지? 더벅머리잖아. 하여튼 덜렁거린다니까."

그쪽한테는 그 말 듣고 싶지 않은데요. 세면대에서 머리를 적셔 적당히 손으로 빗어 넘긴 뒤, 엄마 차에 타고 장례식장으로 향했다. 검은색 집단은 상복과 학생복으로 구성되어있었다.

　장례식장 안에는 거의 다 낯익은 얼굴뿐이다. 근처 동네 사람이나 학교 친구들로 넘쳐났다. 밤샘 조문이 시작되자 모두 한꺼번에 손수건으로 눈가를 누르기 시작한다. 마치 그게 정해진 예법이라도 되는 양. 우는 사람도 있고 아닌 사람도 있다. 입구에 류짱이 생전에 찍어둔 사진이 스크린 세이버로 흐르고 있었고, 제일 좋아하던 록밴드 RAD-WIMPS의 〈바이 마이 사이드(By My Side)〉가 반복해서 흐르고 있었다. 거의 대부분 영어 가사지만 그 애절한 멜로디와 속삭이듯 부르는 보컬의 후렴구 프레이즈가 가슴을 찌르며, 콱 박힌 슬픔을 몇 배로 부풀려 주었다.

　시험기간 중이어서인지 생각보다 같은 반 조문객이 별로 없다는 사실에 놀랐다. 오지 않은 녀석들의 머릿속이 궁금하다. 내가 죽어도 이런 느낌이려나. 자신의 죽음을 상상하는 나쁜 버릇이 또 나왔다. 가벼운 죽음공포증이 쑤신다. 호흡을 가다듬고, 다른 상상을 하며 뇌를 속였다.

　류짱네 아저씨도 아줌마도 울어서 퉁퉁 부은 눈으로 머리를 연달아 숙이고 있었다. 나이차이가 많이 나는 류짱 여동생은 상황을 이해하지 못한 것인지 실감이 없는 것인지, 방글방글 웃으며 조문객에게 손을 흔들어 인사하고 있다. 말을 험하게 하는 류짱네 할아버지는 입을 한일자로 꾹 다물고 슬픔을 참아내고 있는 것처럼 보였다. 사고를 일으킨 운전사와 그 가족의 모습은 보이지 않는다. 드라마에 자주 나오는, 유족이 가해자를 욕하는 장면은 마주하지 않았다. 조문을 거부당한 것인지도 모르고, 어쩌면 타이밍이 안 맞은 것인지도 모른다. 살짝 실망한 나 자신이 또 지긋지긋해졌다.

돌아오는 길에 '호토모토(Hotto Motto) 도시락*에서 도시락을 사서 가자고 엄마가 말했다. 응, 하고 작게 대답한다.

"너 뭐 먹을 거야?"

"햄버그 도시락이랑 치킨 바스켓."

"엄마 내리기 귀찮으니까, 네가 사와.

"아— 싫은데."

"누나랑 아빠 거는 불고기 도시락으로. 갔다 와."

강제로 지갑을 건넨다.

"엄마는 뭐?"

"엄마는 샐러드만 먹을게."

"또 쓸데없이 다이어트 하는 거야 뭐야."

＊테이크 아웃 도시락 업체.

나는 중얼중얼 불만을 토하면서 차에서 내린 뒤 있는 힘껏 차문을 닫고 엄마를 째려봤다.

가게에 들어가 주문한다. 고등학생 정도 되어 보이는 젊은 여자 직원이 몇 번이고 뒤를 돌아보며 확인하면서 더듬더듬 금전등록기의 버튼을 누른다.

주방에는 출세도 못하고 세상에 짓눌려 '쭈구리'가 된 아재가 한 명. 이거 뭐 한참 기다릴 각오를 해야 했다. 이러면 교과서라도 가져올 걸 그랬다. 뒷주머니에서 스마트폰을 꺼내 LINE 뉴스를 열어본다. 중학생이 따돌림 당한 끝에 괴로워 자살했다는 내용의 기사가 또 헤드라인에 올라와있었다. 딱히 색다른 내용도 없고 별로 흥미도 없어서 그냥 넘기고 연예뉴스를 훑어봤다. 불륜과 마약으로 망한 놈들은 철저히 욕을 먹는다. 미디어에 의한 공개 왕따.

번호가 호명되어 도시락을 받아들고 차 뒷좌석에 올라탔다.

"얼마였어?"

"여기." 영수증을 건네고 비닐봉지 안으로 손을 집어넣는다.

"비싸! 야, 뭐 먹어 지금?"

"감자튀김."

배고파서 참지 못하고 몰래 집어먹다 들켰다.

"아, 진짜. 콜라랑 푸딩까지 사면 어떻게 해."

엄마는 차를 세운 채로 영수증을 보며 불만을 터트렸다.

"뭐 어때. 그럼 직접 사러 가던가."

"짜증나. 진짜. 아 맞다. 내일부터 엄마 없다?"

"콘서트였나? 언제 돌아오는데?"

"라스트 투어일지도 모른다니까―. 어떻게 될지는 몰라."

"뭐가 마지막인데?"

"투어 말이야. 전국 투어."

"투어? 여행?"

"아니, 그러니까! 라스트 투어라고!"

"……."

콘서트랑 투어랑 뭐가 다른 건가, 나로서는 이해가 잘 안 간다.

"너도 뭘 하든지 간에 이게 마지막 기회일지도 모른다고 생각하고 도전하도록 해. 후회하지 않게."

딱 부러지게 말한 엄마가 카오디오 볼륨을 단숨에 올리고 콧노래를 부르기 시작했다.

감자튀김을 입에 넣는다. 소금을 너무 뿌러서 깁자튀김

이 너무 짜다. 콜라로 목 너머로 넘긴다.

집에 도착하기도 전에 500ml 페트병을 다 비워버렸다.

토요일에도 일요일에도 토모야의 집을 찾아갔다. 가끔씩 돌아오는 대꾸만이 우리 사이를 이어주었다.

13

다음 주가 되어도 토모야는 계속 결석했다. 내가 생각한 것 보다 상황이 심각한 모양이다. 오늘도 집에 가는 길에 들르자고 결심했다.

남은 과목 시험을 담담히 치러나간다. 벼락치기로 어떻게 될 거라고 생각했던 이과는 최악이었다. 어제는 아무 생각도 하고 싶지 않아서 바로 침대로 향했다. 눈은 감길 기미가 없었지만 공부할 마음이 들 기미도 안 보였다.

시험이 끝났다는 안도감을 핑크색 타입 여자애의 목소리가 깼다.

"사야카, 네가 왜 울어. 울지 마."

"그래, 맞아. 사야카, 네 탓도 아니라니까?"

사방에서 위로를 받는 사람은 아이자와 사야카다.

아이자와는 류짱과 사귀고 있었던 모양이었다. 핑크색 여자애들 중에서도 특히 눈에 띄는 타입인데 친구와 복도를 걸을 때도 항상 센터에 선다. 웃음소리가 크고 천박해서 나는 좀 그런데, 남자애들에게는 인기가 좋은 모양이다. 마유코를 솔선해서 괴롭히던 게, 바로 얘다.

아이자와네 그룹이 나가자, 노란색 타입 여자애들이 난리 친다. 노란색 타입 여자애들의 남들보다 나은 점을 굳이 억지로 하나 꼽아본다면 정보수집이 빠르다는 것이다.

어느새 류짱의 자살설에 대한 토론이 시작됐다.

자살설의 이유에 대해서는 다음의 근거가 등장했다.

1. 아이자와랑 사귀는 게 잘 안 풀렸다는 점.
2. 소속된 축구부에서 일어난 트러블로 고민했다는 점.
3. 할아버지의 병간호 문제로 부모님이 싸웠다는 점.

어떤 근거든 간에 자살의 직접적인 원인이라고는 생각하기 어렵고, 류짱이 어느 정도 고민했는가는 타인으로서는 알 수 없는 일이었다. 우리들 중학생이 자살할 이유는 찾으면 얼마든지 나온다. 많든 적든 모두 고민을 품고 있었다. 자살하냐 마느냐, 단지 그 차이일 뿐이다.

류짱을 차로 친 운전사가 이렇게 말했다고 한다.

"걔가 먼저 찻길로 뛰쳐나왔다고."

그때, 토모야가 반복해서 했던 말을 떠올렸다.

—나, 들어버렸어…….

그때는 류짱의 마지막 목소리라는 뜻이라고 생각했었는데, 실은 그게 아닌 게 아닐까? 토모야는 류짱에게 무슨 상담을 해주고 있었을지도 모른다. 예를 들면 아이자와 일이라든가, 부활동 문제라든가, 가족 문제라든가. 무엇을 들었는지까지는 몰라도 토모야는 류짱이 고민하고 있었다는 사실을 알고 있었다. 하지만 도와주지 못했다. 토모야가 방에서 은둔하며 마음의 병을 앓고 있는 것은 그런 일이 있어서가 아닐까? 누구한테도 말하지 마, 하고 못을 박아두었다면 나한테도 말을 못한다. 토모야는 그런 문제를 철저히 지키는 녀석이다.

조회 시작 전에 새로운 소문이 퍼졌다.

"분명 그거 걔 저주 맞다니까?"

노란색 타입 여자애 중 하나가 소란스레 말한다.

"그 게시물도 걔가 저주 내린 거 아냐?"

"설마……."

다른 노란색 타입 여자애 하나가 손에 입을 대며 말한

다.

"그때도 자살설이 있었잖아?"

"게다가 걔 엄마가 학교 왔을 때 엄청 화냈었어."

"맞아 맞아. 따돌림이 있지는 않았는지 어땠는지 제대로 조사해달라고 그랬어."

"그때, 엄청 무서웠는데. 우리 아들이 왕따 당하고 있는 모습을 본 적 없나요? 하고 물어봤을 때."

"뭐라고 했어?"

"몰라요, 라고밖에 할 말이 없잖아."

"그거는 아니라고 했어야지."

"으응? 그래도……."

"그러고 보니 쿠사이가 완전히 학교에 안 나오게 된 것도 그 사고 터지고 난 다음 아니야?"

"그때쯤 학교가 좀 난장판이긴 했지-."

"맞다! 그러고 보니 배구부 애들이 쿠사이 쌩까고 개무시한 다음에 쿠사이 어떻게 됐더라?"

"기억 안 나-."

"뭐랄까, 갑자기 좀 다크해졌다고 해야 하나."

"존재감이 없어졌지, 그치?"

여자애들 소리가 점점 커진다. 정보가 너무 많아서 정리가 안 된다.

"아, 거, 시끄럽네."

하세켄이 평소대로 불만을 터트리자, 순간 조용해졌다.

"걔가 누구냐?"

어물어물 하세켄이 물어봤다.

"뭐래, 모르거든?"

예상대로의 반응이다. 주변을 둘러본 뒤 적당한 사람을 골라잡아, 모리자와한테 물어보기로 했다.

"걔가 누구냐? 사고 당했나 자살했나 하는 애."

"요네이시 히로야. 작년에 교통사고로 죽었어."

어……. 말문이 막힌 채로 한동안 아무 말도 못했다.

"자살설이 있는 모양인데, 그게 무슨 소리야?"

"하세가와가 듣는 데서 말하긴 좀 그래서, 미안."

요네이시 히로라면 나랑 같은 B초 출신이다. 딱히 사이가 좋았던 기억은 없다. 애초에 나는 누구와도 관계없이 친해질 수 있는 타입이다. 엄마들끼리 사이가 좋았던 것도 아니어서 나한테까지 장례식 연락이 오지 않았던 것이리라. 사립에 간 녀석이 몇 명 있어서 히로가 없다는 사실에도 별로 위화감을 느끼지 않았는데, 이 상황을 바탕으로 헤아려보면 무언가 속사정이 있는 것 같다.

여자애들은 목소리를 죽이며 다시 이야기를 이어간다.

"솔직히 걔네 좀 선을 넘기는 했으니까, 그지?"

"무슨 말이야?"

"너무 개그소재로 삼았다고 할까, 건드렸다고 할까."

"하긴."

"누가 개그소재로 삼으면 단점이 웃음으로 승화 된다고 좋아하는 타입이 있고, 진지 빨고 화내는 타입도 있고 그러니까."

"하지만 유서도 발견 안됐고."

여자애들 목소리가 작아졌다 커졌다 한다.

"시끄럽다고 했지! 귓구멍 막혔냐? 못생긴 게."

하세켄이 고함쳤다. 여자애가 하세켄을 향해 고개를 돌리고 째려봤다.

괴롭힘은 표면적으로는 티가 안 날 때가 있다. 아무렇지도 않은 말이나 태도가 받아들이는 사람에 따라서는 괴롭힘으로 여겨질 때도 있다. 모든 장난이나 농담이 괴롭힘으로 받아들여지지는 않겠지만, 그것이 괴롭힘이 되면 그걸 하는 쪽은 괴롭힌다는 자각이 없는 경우도 많다.

하지만 저 말투나 태도는 좀 이상하다. 여자애들이 말하던 것처럼 하세켄은 치로를 괴롭혔을지도 모른다. 사고라고 처리하기는 했지만 자살설이 부상한 이상 그 문제가 사람들 입에 오르내리는 게 귀가 아픈 것인지도 모른다.

B초에서는 눈에 띄는 따돌림이나 괴롭힘은 없었다. 작은 수준의 싸움이나 다툼이라면 있었을지도 모르지만, 며칠이나 이어지는 심각한 상황이 된 적은 없다. 초등학교 때의 히로를 떠올려 보았다. 밝고 활기차고 조금은 장난기 있는 느낌인 흔히 볼 수 있는 평범한 남자아이였다. 괴롭힘을 당할 만한 요소라고는 전혀 떠오르지 않는다. 하세켄하고도 친하게 지내지 않았나 싶다.

지금 당장 확인하고 싶다. 사고의 정황도 신경 쓰이지만, 당시 학교 안이 어떤 모습이었는지도 알고 싶다. 누구한테 물어봐야 확실할까? 노란색 타입 여자애들 가운데 한 명에게 물어보면 금방 알게 되겠지만 그 모습을 하세켄에게 들키면 위험할 것 같다.

머리를 들어 이리저리 교실을 돌아본다. 크게 기지개를 켜는 척 하며 마유코 자리를 봤다. 턱을 괴고 창밖을 보고 있다. 마유코는 지금 이 상황을 어떻게 생각하고 있는 걸까?

청소 시간, 마유코는 쓰레기장에 나타났다.

"코미야 토모야는 언제 학교 온대?"

"글쎄."

"나오라고 전해줘."

"그래도 너도 일단은 걱정하는구나."

"뭐, 어떤 의미로는 걱정되기는 하는데."

"저기, 요네이시 히로가 사고 당한 거에 대해 아는 게 있으면 좀 알려줬으면 하는데."

"차에 치여서 죽었어."

"그거, 정말 사고였던 거야?"

"왜 물어봐?"

"아니, 자살일 가능성은 없나 싶어서."

"사고도 자살도 아니야."

"무슨 말이야?"

"안 가르쳐 줄래."

"역시 히로, 따돌림 당했던 거야?"

"역시, 라니? 무슨 말이야?"

"아니, 여자애들이 이야기하는 게 들려서."

"흐응ー. 남의 말 엿듣기나 하는 사람이구나."

"아니, 그게 아니라 어쩌다 들은 건데."

"그렇다고 하자."

"어쩌면 히로는 따돌림 당하는 걸 못 견디고 구석에 몰리다 못해 차도로 뛰어들어 자살한 게 아닐까 싶어서.”

“자살 아냐. 타살이야.”

“뭐? 그게 무슨 말이야?”

“……”

“네가 학교에 나오지 않은 거, 그 일이랑 뭔가 관계가 있는 거 아니야?”

그때 한층 강한 바람이 불어와, 마유코가 두 손으로 머리를 감싸듯 웅크렸다.

“괜찮아?”

마유코는 괜찮다고 중얼거리고는 벌떡 일어나 걸음을 서둘러 사라졌다.

머릿속이 혼란스러웠다. 히로가 누군가에게 살해당했다고? 그 말은 즉 따돌림이 있었다는 소리 아니야?

그 사실과 류짱의 사고는 관계가 있는 것일까? 어째서 두 사람은 같은 방법으로 죽어야만 했을까? 이게 단순한 우연이라고는 믿기 어렵다. 그러고 보니 ‘걸으면서 스마트폰’ 상태로 몬스터 급으로 인기 많은 어느 게임*을 하다가 사고를 당했다는 사례가 최근 특히 많은 것 같은 기분이 든다.

---

* 캡콤의 ‘모바일 헌터 익스플로어’를 말한다.

종례시간 내내 생각해보았지만 결국 답을 찾지 못한 채
로 끝났다.

14

방과 후. 오랜만에 부활동을 가는 게 기분 좋았다. 지금
은 있는 힘껏 달리고 싶은 기분이다.

3학년은 현역 마지막 시합을 앞두고 한층 기합을 넣은
훈련메뉴에 임하고 있다.

운동장에 아사즈마 선배 모습이 보였다. 꼼꼼히 스트레
칭 중이다.

"안녕하십니까."

"잇페이, 저것 좀."

"네." 하고, 스포츠 음료를 건넨다.

살짝 굽은 등, 살짝 안짱다리, 트레이닝 복의 헐렁한 정
도, 땀을 닦는 몸짓, 어느 것이나 우열을 가리지 못할 정
도로 멋있다.

여자 매니저 두 명이 꺅꺅 거리면서 운동장으로 뛰어 들
어온다. "선배, 힘내세요 오-!" 같은 찢어지게 높은 소리

가 날아든다. 그런 목소리에는 전혀 반응하지 않고 그저 묵묵히 연습에 몰두하는 모습은 남자인 내가 봐도 반할 것 같다. 이런 사람은 평생 화려한 꽃길을 걸으며 살겠지?

스파이크에 길을 들이려고 가볍게 점프한다. 천천히 높이를 올려간다. 매점에서 산 아쿠에리어스*를 한 손에 들고 조깅. 위층에서 브라스밴드부 연습소리가 들려온다. 지금 연주하고 있는 곡은 디즈니 노래다. 제목은 모른다. 하지만 기분 좋은 리듬이라 마음에 들었다. 중반, 갑자기 템포가 빨라지는 부분이 특히 마음에 든다.

"토모야는 안 왔어?"

"몸이 좀 안 좋은가 봐요. 요새 학교도 쉬고 있어요."

"감기?"

"아뇨, 좀……."

"왜, 무슨 일인데?"

설명을 해야 하나, 적당히 둘러대야 하나, 고민했다.

"얼마 전 류가 사고를 당해서 쇼크를 받은 모양입니다."

"아하, 그래. 너네, B초?"

"네."

"토모야가 없으니 부활동 분위기가 영 안 뜨네."

---

* アクエリアス/AQUARIUS 일본 이온음료 브랜드.

"네."

깊숙이 고개를 숙이고 마음속으로 "고맙습니다!"하고 외쳤다. 어서 토모야에게 전해주고 싶다고 생각했다. 아마도, 아니, 무조건 좋아할 거다.

그날, 정신없이 연습에 열중한 결과 100미 개인기록을 갱신했다.

부실로 돌아가려고 하는데, 펜스 쪽에 선 마유코 모습을 발견했다. 내 쪽을 바라보고 있는 느낌이 들기는 했지만, 알아차리지 못한 척 부실로 들어갔다. 배낭을 메고 밖으로 나왔다.

당연하지만 교문에 토모야의 모습은 보이지 않는다. 대신에 마유코가 있었다. 아직 집에 안 간 건가?

교문 앞에 우뚝 서서 나를 지긋이 바라보고 있다. 아무 말 없이 지나친다. 기척으로 마유코가 걷기 시작한 것을 느꼈다. 내 뒤를 쫓는 것일까? 발걸음을 서두른다. 마유코는 내 뒤를 쫓아온다. 가속했다. 다른 사람이 이상하게 보지는 않을까, 그것만 신경 쓰였다. 내가 속도를 늦추자, 마유코도 속도를 늦춘다. 상점가에 들어가는 코너를 돌았을 때 전력질주해서 전봇대 뒤에 숨었다. 나를 지나쳐버린 마유코가 숨이 차서 우뚝 섰다.

"나한테 볼일 있어?"

놀라움을 감추려는 듯 머리카락을 정리하며 마유코가 대답했다.

"영화관 가는 길인데."

"영화관?"

"너도 가는 거 아냐?"

"아닌데."

"〈금지된 장난〉이란 영화, 재밌었어?"

"되게 옛날에 봐서 다 까먹었어."

"역시 까먹었구나."

"응? 뭔 소리야?"

이상한 질문이다. 보통은 재미있었어? 가 아니라 본 적 있어? 라고 물어보지 않나?

자동차가 맹렬한 스피드로 우리 곁을 지나친다. 마유코는 밑을 본 채로 머리를 꾸욱 짓누르는 듯한 움직임을 취했다.

뭐야, 방금 그거? 차가 겁나서 무서워서 그러는 것처럼 보이기도 했고, 그저 머리카락이 흐트러지는 게 싫어서 그러는 것처럼 보이기도 했다. 내가 수상해 하는 시선을 보내는 사실에 동요하지 않고 〈금지된 장난〉을 연호하며 후하핫 하고 기분 나쁘게 웃었다.

"그럼, 〈이유없는 반항〉에서 가장 볼 만한 부분은 뭐?"

"제임스 딘이 멋있다는 거?"

"다시 한 번 제대로 보는 게 나을 거 같은데?"

이상하긴, 하고 들리지 않을 정도로 내뱉고 등을 돌려 토모야네 집을 향해 달렸다.

역시나 토모야는 방에서 나오지 않았고, 그저 내가 일방적으로 문 너머 안쪽을 향해 말을 거는 게 한 시간 이상 이어졌다.

15

그날 밤, 엄마가 돌아오기는 했는데, 투어의 여운에 잠기고 싶으니 가사 일은 한동안 휴업이라는 도가 지나친 선언을 자기 맘대로 남겼다. 이게 이번에만 있는 일도 아니다. 평범한 가정이라면 생각지도 못할 상황이라고 생각한다. 먹을 게 없거나, 빨래를 안 해서 속옷이 없거나, 먼지가 막 쌓여서 엉망이라거나. 하지만 먹을 것은 각자가 좋아하는 것을 적당히 사서 먹으면 끝이고, 세딕이나 청소는 내가 담담하게 해버리고 마니까, 아빠에게도 누나에게도 딱히 피해나 지장은 가지 않는다. 그런 잡일은 눈에 거슬린 사람이 한다는 규칙이어서 자연스럽게 내가 다 떠맡게 된 것이다.

우리 집은 엄마가 없어도 가사 일이 충분히 돌아간다. 애초에 가사 일을 완벽하게 해내는 타입도 아니었고, 아빠가 굳이 그러기를 바라지도 않았으니 이대로 돌아가고 있을 뿐이다.

잠깐만, 하고 주의를 주는 게 나 밖에 없으니까 이런 상황은 내가 참는 수밖에 없다. 여태까지 그랬으니까 어쩔 수 없잖아, 하고 스스로를 달래면서 포기한다는 방법을 취했다.

컵라면은 질려서 냉동식품을 사왔다. 아무거나 사도 된다. 어쨌든 엄마가 만든 집 밥보다 맛있으니까.

그러고 보니 최근 제대로 사람이랑 대화를 나누지를 못하고 있다. 누나는 늦게 들어오지, 아빠는 입만 열면 할아버지 호박씨 까기만 하지, 엄마는 머릿속이 꽃밭인 상태지. 스마트폰 전원이 끊어지지 않도록 계속 신경 쓰고 있지만 토모야는 연락이 없다. 내가 먼저 걸어도 전원이 꺼져있다. 보낸 LINE은 모두가 '읽지 않음'. 다 떠나서 토모야랑 이야기가 하고 싶다. 그리고 빨리 학교로 돌아왔으면 좋겠다.

다음날도 토모야는 오지 않았다.

교실에 들어가자마자 하세켄이 어디 있나 찾았다. 책상에 앉아 의자를 발로 시소처럼 흔들면서 선생님 흉내로 주위에 있는 친구들을 웃기고 있었다. 하세켄은 도대체 사고를 당한 류짱이나 학교를 나오지 않는 토모야를 어떻게 생각하고 있는 것일까? 물어보려고 아랫배에 힘을 주고 다가간다. 눈앞에 서자, 흔들고 있던 의자에서 발을 뗐다. 뭐야? 하는 느낌으로 나를 쳐다본다.

"류짱 장례식, 결국 안 간 거냐?"

"뭐? 딱히 강제로 가야하는 것도 아니었잖아."

하세켄은 일어나 대꾸했다.

"아무리 그래도 친구 아니야?"

나도 지지 않고 침을 튀겨가며 대꾸한다.

"내가 간다고 죽은 사람이 살아나기라도 하냐고, 왜 내가 굳이 가야하는데?"

하세켄은 더 이상 내 이야기를 듣는 둥, 마는 둥 다른 남자애들 사이에 뒤섞여 오고 있다. 이 녀석은 친구를 생각하는 마음도 없는 건가. 친구는 쓰고 버리는 일회용품이 아니라고. 그러다가는 머지않아 아무도 너를 상대해주지 않을 걸, 이라고 말해주고 싶었다.

토모야가 학교에 나오지 않게 된 뒤로 나는 혼자 있는 시간이 늘었다. 쉬는 시간에는 여자애들 뒷담화에 귀를 기울이고, 청소시간에는 마유코랑 이야기 나누고, 부활동에서는 아사즈마 선배가 말을 걸어줘서, 외로움도 느낄 새 없이 잘 지내고 있는 것 같지만, 가만 생각해보니 이거 아싸잖아. 갑자기 심장이 두근두근 뛰기 시작한다. 이 상황이 조금 더 이어진다면 완전히 혼자가 되는 게 아닌가 하고 초조해졌다.

게다가 다음 시간은 체육이고 배드민턴을 해야 한다. 누구랑 팀을 짜지? 서둘러 옷을 갈아입고 체육관으로 향한다. 복도를 걷고 있는데 모리자와가 말을 걸어왔다.

"코미야 토모야의 상태는 좀 어때?"

"응, 그게…… 좀……."

"걱정돼서."

"응."

모리자와가 입은 체육복에서는 건미역 같은 냄새가 났다. 아마 사물함에 그냥 처박아두고 있어서겠지. 덩치도

빈약하고 '가리벤(=범생이, ガリ勉)'이라서, 여자애들은 아무런 고민도 없이 그냥 '가리가리군(ガリガリ君)*'이라는 별명으로 불렀다. 왠지는 모르지만 공부 못하는 놈들 그룹에 들어가 있는데 그 그룹에 들어있는 모든 구성원은 환경미화부라는 것 말고는 공통점을 찾을 수가 없었다.

환경미화부는 한 달에 한 번 학교 주변을 청소하는 게 부활동이라는 재미없기 그지없는 클럽이다. 교칙 상 부활동을 하지 않는 일명 '귀가부'가 금지되어 있어서 아무것도 하고 싶지 않은 놈은 하는 수 없이 환경미화부에 들어간다. 공부도 운동도 못하는 놈들 가운데 껴서 모리자와는 어떤 대화를 나눌까? 마음속으로 걔들을 바보취급하고 우월감에 젖어있을까? 그늘진 곳에서 겨우 다섯 명이 활동하는 그룹. 모두 존재감이 별로 없어서 딱히 인상에 남지도 않는다. 혹시 내가 그 그룹에 들어가게 된다면 하고 상상해보니 소름이 돋는다.

내가 처음 전학 왔을 때, 토모야는 가장 먼저 말을 걸어주었다. 초등학교도 같고 부활동도 같고 집에 가는 방향도 같으니 자연스럽게 같이 행동하게 되었지만, 혹시 아무도 말을 걸어주지 않았다면 지금쯤 아무하고도 친해지

---

* 일본의 대표적인 아이스크림 브랜드. 포장지에 소년 그림이 그려져있다.

지 못했을 것이다. 하세켄에게 잘 보여서 '따까리'처럼 지낼지도 모르고. 모리자와처럼 전혀 마음이 맞지 않는 그룹에 어쩌다 들어가서 매일매일을 보내야 했을지도 모른다.

내 멋대로 이러쿵저러쿵 분석한 끝에 혼자 상처를 받은 뒤 한숨을 쉬며 체육관까지 걸어갔다. 종이 울리기 시작해서 황급히 전력 질주했다. 이가라시가 오기 전에 줄을 서지 않으면 큰일 난다.

오늘도 엄격한 집단행동 구령이 울려 퍼진다.

"기립! 차렷! 탈모! 인사! 다시 처음부터."

이게 반복된다. 한 명이라도 늦으면 처음부터 다시. 너무 못 하면 운동장을 돌아야 한다. 수업 초반에는 보통 이런 식으로 진행된다. 이가라시가 오케이하기 전까지는 한 시간 내내 제식만 하다 끝나는 때도 있다.

"사열종대. 옆 사람과 짝 짓는다, 실시!"

후우, 한숨 돌린다.

여자애 한 명이 남았는데 세 명이서 조를 짜도 된다고 해서 잘 해결됐다.

마유코는 체육수업을 쭉 쉬고 있었다. 나무그늘 아래 얌전히 쭈그리고 앉아있는 건 아니고 운동장 주변을 어슬렁

어슬렁 걸어다니며 보낸다. 진단서라도 써왔는지 체육 선생님이 억지로 수업에 참여하라 강요는 않는다.

우리 중학교는 체육수업 때 견학을 하더라도 체육복으로 갈아입어야만 한다. 체육복을 잊어버린 경우에는 교복인 채로 참가하는 게 룰이다. 그게 싫으면 조퇴하거나 보건실로 쫓겨나거나 둘 중 하나를 선택해야만 한다. 조금 태도가 불량한 놈이 꾀병으로 농땡이치려고 하면 이가라시가 잡아다가 한 시간 동안 내내 운동장을 돌라고 시킨다. 체벌이 문제시된다고는 해도 엄격한 체육 선생님이라는 존재는 어느 시대라도 존재하기 마련. 체벌금지 따위 '웃기지 말라 그래'정신으로 무장한 꼬장꼬장한 꼰대가 바로 이가라시다.

그런 이가라시에게는 덤벼봤자 소용없다고 생각했는지, 젊은 여자 체육 선생님에게 여자애들 집단이 항의하러 간 적이 있었다.

"왜 '쿠사이'는 매번 빠져요?"

평등하지 않다고 지적하는 녀석일수록 자신은 편애 받기를 원한다. 성적도 좋고, 부활동에서도 인기가 많고, 남녀구분 없이 친구가 많아, 선생님도 무척 신뢰하는 애일수록 이런 경향이 자주 있다.

"'쿠자이'는 신체적인 이유가 있어서 그래."

"무슨 병인데요?"

"그건 프라이버시라서."

불만에 찬 여자애 집단이 마유코를 째려본다.

신체적 이유라니 도대체 그게 뭘까? 게다가 말해줄 수 없다니. 겉으로 보기에는 건강해 보이고, 심각한 지병이 있다고 보이지는 않는데. 어제, 내 뒤를 쫓아올 때만 해도 어지간한 여자애들보다 발도 빨랐던 것 같은데 말이다.

16

체육수업이 끝나고 뻔한 패턴의 따돌림이 벌어졌다. 마유코의 교복이 없어졌다. 하지만 마유코는 매번 수업시간마다 이유를 물어보는 선생님들에게 하나 같이 "교복이 더러워져서 체육복으로 버티고 있습니다."라고 대답했다. 어디까지나 누가 어떻게 한 게 아니라 자기가 실수한 것이라는 말투였다.

이번에도 청소시간 쓰레기통에서 교복이 나오는 것을 내가 발견해버리고 말았고, 마유코에게 건네줘야만 하는 상황이 찾아왔다.

"이거, 어떻게 할까?"

"……." 마유코는 아무 말 없이 받아든다.

"솔직히 까놓고 말하자, 너는 고맙다는 말을 아예 할 줄 몰라?"

"부탁한 적 없는데."

"됐다, 됐어. 물어본 내가 바보지."

내가 빙글 등을 돌리자, 마유코가 "저기."하고 불러 세웠다.

"너 그거 답 찾았어? 마음대로 죽여도 죄가 되지 않는 것."

"너도 그런 사이트 봐? 그딴 거 그냥 아무 의미 없는 말장난이잖아? 식용소나 돼지는 죽여도 되고, 동물원 동물은 죽이면 안 된다, 같은."

"역시, 바보구나."

"뭐야 진짜. 신경 쓰지 말라면서 먼저 말을 걸어오지 않나, 도대체 영문을 모르겠어."

"별로."

"그보다 체육시간에는 왜 쉬는거야? 어디 아파?"

"알고 싶어?"

"질문에 질문으로 대답하지 마."

"좋아, 알려줄게. 그 대신 아무한테도 말하지 않는다고 약속해준다면."

"마, 말 안해."

"다음에 알려줄게. 여기서는 조금, 보여줄 수 없거든."

"무슨 소리야?"

"신체적인 거니까."

마유코는 훗, 하고 웃음을 흘리며 사라진다. 여자애의 신체적 이유라니 도대체 그게 뭘까? 생각하면 할수록 야 릇한 것만 머릿속에서 떠오른다.

부활동이 끝나고 수리를 맡긴 자전거를 찾으려 할아버 지 가게로 향했다.

"내가 할 테니까 아버지는 가만히 있어."

"너도 참 고집만 세서는."

"그런 게 아니잖아."

'타이라 사이클'의 문을 열자, 아빠랑 할아버지가 싸우는 소리가 들린다. 고작 자전거 펑크 수리하는 일로 소란을 피우고 있다. 어린이용 자전거를 두고 다 큰 어른이 싸우 는 모습이 웃긴다. 아직도 현역속행 중인 할아버지가 그리 쉽게 아빠에게 가게를 물려줄 생각은 없는 모양이다.

"오, 잇페이."

할아버지가 나를 알아차렸다.

"자전거 가지러 왔어."

"잘 왔다. 일단 들어가 있어. 냉장고에 주스 있다."

"아니, 담에. 저 갈 데가 있어서."

"그래. 조심해서 다녀와라."

"응. 그럴게."

"아, 잇페이. 자전거 탈 때는 항시 브레이크 잘 되나 확인한 다음 타라."

이거, 할아버지 말버릇.

"알았어. 담에 봐."

토모야네 집까지 전속력으로 페달을 밟는다. 토모야네 할머니가 가보라 하셔서 계단을 오른다.

어이―, 하고 말을 걸어봤지만 대꾸도 않는다. 항상 문 밖에서 내가 일방적으로 이야기한다. 일단 부활동 이야기부터 꺼낸다. 대부분 아사즈마 선배 이야기지만. 가끔씩 맞장구가 들리면 안심이 된다.

"저기 있지, 토모야. 요네이시 히로 말인데."

화제가 바뀌는 순간 "뭔데!" 하고 큰 소리가 돌아왔다.

"히로도 말이지, 류깡이랑 같은 방식으로 죽었다고 하

더라고."

"응." 갑자기 목소리 톤이 작아진다.

"히로, 괜찮은 놈이었는데."

"……."

"사고가 아니라, 자살이라는데 진짤까?"

"자살이겠냐, 그게?"

가느다란 목소리지만 분명히 들렸다.

"뭐? 너 뭐라도 좀 아는 거 있어?"

"미안. 가라. 배 아파."

"무슨 소리야."

이후로 무슨 말이든 더는 질문에 대답하지 않았다. 어째서 토모야는 마유코랑 똑같은 말을 한 걸까? 유서가 발견되지 않았다고 해서 자살이 아니라고 단정하기는 어렵다. 구석에 몰려서 돌발적으로 자살했을 수도 있으니까. 어째서 아니라고 단정지을 수 있는 거지?

17

다음날 교실에 들어가자 내 책상 위에 작은 꽃병이 놓여

있었다. 잘못 봤나? 하고 눈을 의심했지만 분명 내 책상 위다.

"누구야, 이거 올려놓은 거?"

세게 던진 말이 차가운 분위기 속에서 허무하게 갈 곳을 잃는다.

주머니 속 스마트폰이 떨려서 꺼내 LINE화면을 보니 익명 게시판 사이트 주소가 붙어있었다. LINE을 보낸 사람은 하세켄이다. 어물어물 탭한다.

새로운 스레드*가 작성되어 있었고, 제목은 '그 살인범은 지금?'이었다.

초등학교 졸업 앨범을 잘라서 붙여놓은 것 같은 남자애 사진이 있었다. 눈가를 검게 칠해 가려놓았지만 코나 입 모양을 봐도 내가 아니라는 사실을 알 수 있었다. 하지만 문제는 그게 아니었다.

[■ ■ ■ 잇페이]

분명 최소한의 배려를 했다 생각했겠지만, 검게 칠해 지워버린 탓에 마치 내가 그 사진 속 주인공이라도 되는 것처럼 보이고 말았다.

사진 아래에는 [이 놈이 따돌림 가해자입니다. 지금은

---

* 일본의 인터넷 게시판은 스레드식으로 우리와 형태가 다른데,
우리나라의 게시물 댓글란과 비슷한 시스템이다.

전학 간 곳에서 평범하게 지내고 있습니다. 과연 이런 놈을 그냥 편하게 살게 놔둬도 괜찮을까요?]라고 쓰여 있었다. 스크롤해서 보니, 몇 개월 전 뉴스에서도 크게 다뤄져 화제를 부른 간사이 지역 중학교에서 벌어진 집단 따돌림 사건 기사가 첨부되어 있었다. 거기에는 피해자 학생이 적은 유서가 공개 되어있다. 검게 칠한 가해자의 이름.

"이거 나 아냐!"

—사악.

모두가 일제히 눈을 피한다.

한 짓을 증명하기는 쉬워도 안 한 짓을 증명하기란 어렵다.

[진짜 심하네—], [왜 우리 학교로 전학 온 거야?], [짜져라, 살인범]

비난 댓글이 달리다가 중간에 끊어져서 전부 다 읽지는 못했다. 왜 일이 이렇게 됐지? 완전 모르겠다.

애초에 누가 이런 짓거리를 한 걸까?

토모야가 없다는 사실만으로 나는 급격히 불안해졌다. 왜 이런 때 내 곁에 없는 거냐고, 인마.

그날은 방과 후가 될 때까지 한 마디도 말을 하지 않고 지냈다. 이과실험이나 체육시간은 지옥이었다. "같이 팀

짜자." 이 말이 공포로 변한다.

무리 짓지 않으면 불안하다는 둥, 외톨이는 싫다는 둥, 그런 게 아니다. 상황을 받아들이기 어려운 것이다. 눈에 보이지 않는 악의만큼 무서운 것이 없다. 괴롭힘이라는 게 이렇게도 자연스럽게 예고도 없이 찾아오는 것일까? 내 과실은 제로인데?

그러는 와중에 평소와 다름없는 그 녀석은 혼자 있었다. 마유코다. 담담히 괴롭힘을 받으며, 수업을 받으며, 세상 모든 게 마음에 안 든다는 얼굴로 하루를 보낸다. 그 모습은 이미 신의 영역이었다. 나는 애들이 좀 쌩 깠다고 이렇게 동요하고 있는데. 다음에 어떤 짓을 당할까 상상하는 것만으로도 소름이 끼친다.

나는 제2의 마유코가 되어버리는 걸까?

도움을 청하는 듯이 마유코에게 시선을 보낸다. 묵직한 앞머리에 가려진 표정을 알아볼 수 없다. 한동안 바라보자 마유코와 시선이 겹쳤다. 그때 흥, 하고 웃음 짓는 게 보였다. 뭐랄까, 권유라도 받는 기분이었다. 이쪽 세계로 오라고, 그렇게 이야기하는 것처럼.

종례가 끝나자마자 바로 교실을 나가려고 생각했다. 이 린 때에는 딜리고 싶다. 아무 생각도 않고 몸을 좀 움직여서 땀이라도 빼면 약간은 기분전환이 되겠지.

교실 뒷문을 열려는 참에 하세켄이 일부러 몸을 부딪쳐 왔다.

"아, 씨-. 아프잖아."

나도 모르게 평소처럼 반응했다. 이 자식이 나를 바보취급 하는 것만큼은 못 참는다. 하세켄이 사과를 안 해서 그냥 복도로 나갔다. 그러자 바로 뒤 쫓아와 나를 불러 세웠다.

"너 앞으로 몸조심 하는 게 좋을 걸-?"

툭, 귓속말로 지껄인다.

"아, 진짜. 그거 나 아니라 했지?"

하세켄의 멱살을 잡는다.

"아이고, 무서워라. 살인범은 역시 다르네."

"아니라고, 새끼야!"

"너도 재수 졸라 없구나."

히죽히죽 거리며 하세켄이 사라져 간다.

부활동이 끝나고 토모야네 집으로 직행했다.

"야, 토모야. 부탁이니까 학교 좀 나와주라. 지금 완전 큰일 났다니까? 이상한 소문이 돌아서, 아무도 내 말을 안 믿어준다고."

"봤어, 익명 게시판."

"그거 나 아니란 거 알잖아?"

"사실이 어떻든 간에 상관없는 거야."

"부탁이다. 나 좀 도와주라."

"도와주고야 싶지. 가능하다면."

"그 말은……."

"미안. 난 못 도와줘."

"왜 못 도와주는데?"

"미안."

18

나를 향한 '개무시'는 다음날도 이어졌다.

저번 주까지 장난치면서 같이 놀던 친구도, 아무렇지도 않게 편히 이야기 나누던 친구도, 썰물 빠져나가듯 나랑 거리를 두었다. 자고 일어나면 리셋 되는 거라고는 내 머릿속뿐이고 한번 시작한 '개무시'는 그렇게 쉽게 원래대로 놀아가지 않았다. 안녕, 하고 인사한 녹소리가 교실 밖으로 튕겨나가 버렸다. 이런 '쌩까기'대처법은 하나뿐이다. 이쪽이 먼저 이야기를 꺼내지 않으면 데미지는 최소한으로 줄어드는 법이다. 마유코가 항상 하는 기술을 흉내내 볼까 싶었는데 나는 참지 못할 것 같다.

언제까지 이게 이어질까? 여태까지 어떻게 말을 걸어왔는지 갑자기 방법을 모르겠다.

점심시간까지 끙끙 고민했다. 누구 하나라도 좋으니까 내 편이 되어줄 놈이 없나 찾았다. 토모야를 대신하지는 못하더라도 마음을 기댈 만한 사람이 필요했다.

하지만 문제는 내가 생각한 것보다 심각해서 무슨 짓을 해도 이미 늦었다는 느낌이 저릿저릿하게 전해져왔다. 반 전원이 나를 피하려고 한다는 사실을 받아들이고 냉정해질 때까지 시간이 한참 걸렸다. 이동수업에서 돌아와 책상 낙서를 발견했을 때에는 울음이 터질 뻔했다. '죽어.'라는 짧은 글자에 이 정도로 데미지를 입을 줄은 생각도 못했다. 마유코는 매일 이런 걸 당해도 정말 멀쩡한 걸까?

5교시 이과 시험지를 돌려받았다. 교과 점수 합계를 내서 대강 순위를 예측해 본다. 전교 50등 안에 들어가면 다행이다. 그게 가까운 공립 고등학교에 합격하는 최저 커트라인이라는 소문이 있기 때문이다. 어떻게 해서든 거기로 가고 싶다는 마음은 없지만 거길 졸업해서 현 안에 있는 국립대학에 다니는 게 이 주변에서는 엘리트 코스라 여기는 풍조가 있었다. 우리 아빠랑 엄마도 그 코스를 밟은 모양이다.

답안지가 번호순으로 되돌아온다. 89점. 예상보다 점수가 좋았지만 그 사실을 기뻐할 여유는 없었다. 지금은 시험 점수보다도 개무시 문제가 더 중요하다.

빨간 펜을 꺼내들라는 지시가 떨어진다. 한 문제씩 정답 발표가 이어진다. 그걸 빨간 색으로 덧씌운다.

일부러 바닥에 지우개를 떨어뜨리고 주워 올리는 순간, 하세켄의 손을 봤다. 답안지 모서리가 접혀서 점수가 안 보인다. 하지만 그 마법의 펜을 가지고 있다. 답 고쳐라, 그러다 선생님한테 걸려라, 하고 나는 기도한다. 앞자리일 때는 바로 옆이라서 그 광경을 알아차렸지만 이 위치에서는 솔직히 보기 어렵다.

"자, 이제 그만. 질문 있는 사람?"

답안지 앞쪽 검토가 끝나자, 선생님이 목소리를 높였다.

"없으면 뒷면으로 넘긴다."

"선생님―, 5번 문제 답 B, D, F 맞죠?" 하세켄 목소리다.

"맞아."

"그럼 이거 정답 맞죠?"

하세켄이 답안용지를 손에 들고 저벅저벅 교탁 쪽으로 걸어간다.

"아, 미안 미안."

하고, 선생님은 빨간 펜으로 ○표시를 해주고 점수도 고쳐준다. 기분 좋게 자기 자리로 돌아가는 하세켄. 5번 문제는 2점짜리다. 아마 그 2점으로 등수도 조금 올라가겠지. 겨우 2점, 허나 무려 2점.

결국 아무 일도 없이 수업이 끝났다. 선생님이 교실을 나가는 순간 격렬한 후회가 밀려들어왔다. 폭로해버리면 좋았을 텐데. 그렇지만 그럴 배짱이 내게는 없다. 지금은 '개무시' 문제를 어떻게든 해결해야 한다.

19

청소 시간, 쓰레기장으로 쓰레기 분리수거를 하러 갔는데 왠지 모르게 기분이 가라앉았다. '가연성 쓰레기'와 '불가연성 쓰레기'를 구분하기 어렵다고 항상 엄마가 투덜거리곤 했지. 아빠는 태우려면 못 태우는 게 없으니까 신경 쓰지 마, 하고 달랬다. 그래서인지 엄마는 항상 쓰레기 분리를 대충대충 해서 이장님한테 혼났다. 하지만 아빠가 항상 고개를 숙여가며 아무 일 없이 무마시키고 있다. 어떻게 이렇게 돌아가게 되었는지는 몰라도 우리 집은 항상 어찌어찌 균형이 잡혀있는 모양이다. 가족이 모두 쓸데없는 질문도 안하고 지적질도 안하고 신경도 쓰지 않는다. 그래서 트러블도 없다.

등 뒤에서 소리가 들렸다.

"태워버리면 아무도 모르겠지."

뒤돌아보자, 마유코가 서 있었다.

"놀래키지마."

"죽으면 모두 태워지잖아."

"그렇기는 한데."

마유코는 누구와도 대화를 나누지 않는 주제에 나한테만 말을 걸어온다. 내가 마유코 일에 끼어들어버린 탓일까, 그게 원인일까? 실내화, 괜히 주워다 줬다.

"어떤 느낌일까?"

"뭐가?"

"자기가 죽을 때."

내 마음 흔들지 마.

"그거야 사람마다 다 다르겠지."

"그럼 누군가가 죽었으면 좋겠다고 생각한 적은?"

"없어."

"너, 화나면 바로 얼굴에 나타나. 맨날 짜증내."

"당연하지. 너는 괴롭히는 애들한테 화나지도 않아?"

"별로."

"또 강한 척."

"너는 누구한테 화가 나는데?"

"……."

"하세가와?" 쿠자이 마유코가 "솔직히 말해."하고 말하는 듯 나를 바라본다. 그리고 나는 눈을 돌렸다.

아니, 라고 바로 부정하지 못했다.

"그럼 내가 대신에 저주 걸어줄게."

"됐어. 그런 거 안 해줘도."

"너, 알고 있지?"

"뭐가?"

"커닝."

"너도 봤어?"

"공포와 이익."

"뭐?"

"하세가와 켄타로는 성적 하락에 공포를 느끼기 때문에, 점수 올리기로 자존심을 챙겨서 이익을 얻는다."

"과연."

"말 안할 거야?"

"그걸 말한다고 해서 나한테 오는 이익도 없잖아. 물론 공포도."

"너는 나한테 먼저 스스로 행동을 취하라고 말했었지. 그런데 정작 너는 아무것도 안 한다니, 그건 치사하다고 생각해."

"네 입장이랑 내 입장은 조금 다르니까."

같은 취급을 받고 싶지 않다. 괴롭힘 당하고 있다고 자각을 하는 것이 무서웠다. 그리고 하세켄의 커닝을 말한다고 해서 무시당하는 게 끝나는 것도 아니고. 오히려 악화될 가능성이 높다.

"말해."

"어째서."

"자신이 괴롭힘의 목표에서 벗어나려면, 새로운 먹잇감을 찾는 수밖에 없어."

"그 논리는 알겠는데 말이야."

"나, 그 녀석 싫단 말이지. 너도 싫어하잖아?"

"……."

"있잖아, 내가 체육시간에 쉬는 이유, 알고 싶다고 했었지?"

"응. 그거랑 무슨 관계가 있다는 거야?"

"여기서는 보여줄 수 없어."

"그럼 어디로 가면 되는데."

"오늘, 우리 집에 와."

"뭐? 안 가."

"정문 앞에서 기다릴 테니까."

20

방과 후. 부활동에 갈 생각이 안 들었다. 그렇다고 토모야 집에 가봤자, 항상 같은 짓을 반복할 뿐이다. 내가 아무리 노력해도 방에서 나오려고 하지 않으니까.

마유코는 예고한대로 정문 앞에서 기다리고 있었다. 근처에 같은 반 놈이 없나 확인하고 말을 건다.

"먼저 가. 나란히 가면 이상하니까."

하고 내가 말하자, 마유코가 말없이 걸음을 옮겼다. 마유코네 집에 가는 것은 처음이었다. 대강 어디쯤 사는지는 알고 있지만 주소까지는 모른다. 방향만 놓고 보면 류짱네 집 쪽이다.

아무리 예의를 차려서 좋게 말해도 깨끗하다고는 말하기 어려운 연립주택 앞에서 마유코가 뒤돌아보았다. 여기, 하고 손가락질하며 나를 손짓해 부른다. 1층 안쪽이 쿠자이네 집이다.

"들어와."

현관은 신발 벗을 곳도 없을 만큼 신발과 샌들로 엉망진창이었다.

"다른 가족 분은?"

전에 듣기로는 편모가정이라고 들었다. 위로 한 명, 오빠인가 언니가 있다고 들었다.

"일."

캄캄하고 좁고 더럽다. 아무것도 없는데, 깔끔히 정리된 느낌도 없다. 창호지 문도 장롱 안의 벽도 죄다 부서지고 망가져 있다. 부엌 바닥은 양말이 쩍쩍 들러붙을 정도로 끈끈한 느낌이 든다. 세 평 정도 되는 일본식 방 나나

미는 삭아서 갈색으로 물들어 낡아빠진 느낌이 들었다.

조용하고 축 처져 가라앉은 묘한 분위기를 견디지 못한 나는 적당한 화제를 찾는다. 갑자기 비밀을 꺼내와도 받아들일 자신이 없다.

"저거, 뭐야?"

커다란 사육용 케이스를 가리키며 물었다.

"무당벌레."

"키우는 거?"

"실험과 관찰."

"흐음, 재밌어?"

"무당벌레가 살아있는 농약이라고 불리는 거 알아?"

"몰랐어."

"진딧물이나 응애를 잡아먹는 건?"

"몰랐어."

"농작물에 피해를 주는 진딧물을 잡아먹으라고 무당벌레를 사용하곤 하는데, 어떤 실험에서 비닐하우스 딸기밭 1평방미터 당 2마리씩 무당벌레를 살포하자, 거의 74마리나 있던 진딧물이 1주일 안에 거의 전멸했다는 결과가 나왔대."

"그래서 너도 그 실험을 하고 있다는 거야?"

"인간이 무당벌레에게 바라는 건 진딧물을 잡아먹는 거지 굳이 날 필요까지는 없는 거야. 다시 말해 날아다닐 시간에 진딧물을 한 마리라도 더 잡아먹으라는 거지."

"무슨 말인지는 알겠는데, 네 목적이 뭔지는 아직 모르겠어."

"비행능력이 낮은 무당벌레를 잡아다가 그런 개체끼리 교배시키는 거. 그렇게 몇 번을 반복하면 날지 못하는 무당벌레가 태어나."

"그건 무당벌레한테는 진화인 건가? 아니면 퇴화인 건가?"

"모르지. 얘네들, 불쌍하지 않아? 기껏 날개가 달려있는데 날아서 도망치는 건 불가능하다는 게."

"딱히, 불쌍하다는 생각은 안 하는데?"

"……."

마유코가 천천히 다가와서 반보 뒤로 물러섰다. 속눈썹이 그림자가 되어 떨린다.

"내 비밀, 궁금해서 여기 온 거 아냐?"

"아, 응. 그렇긴 한데."

"그럼, 잠깐 저쪽 보고 있어."

"뭐?"

"일단 저쪽 봐."

"알았어."

시키는 대로 뒤를 돈다. 옷을 벗어서 흉터라도 보여주려는 건지도 몰라. 엄마한테 학대당했어, 같은 말을 들어도 나도 지금 곤란한 입장인데. 뭐를 어떻게 할 수도 없고.

"됐어."

뒤돌아 본 순간 나는 할 말을 잃었다. 상상을 뛰어넘는다는 게 이런 것이 아닐까 싶다. 하지만 이게 체육을 쉬는 이유라니, 나는 이해가 안 갔다.

마유코의 머리는 거의 머리카락이 나지 않았다. 군데군데 풀죽은 부추처럼 머리카락 다발이 남아있는 부분이 있기는 했지만 거의 대부분이 부드러운 솜털로 뒤덮여 있었다. 여태까지 예쁘다고 생각한 인형 같이 새까만 직모는 사실 가발이었다. 아연실색. 마유코는 내 눈을 보고 순간 홋, 하고 웃었다. 나는 봐서는 안 될 것을 본 기분이 들어서 아무 말도 묻지 못한 채 멀뚱히 서 있었다.

"체육시간에 몇 번이고 모자를 쓰고 벗어야만 하잖아? 비뚤어지면 원래 자리로 다시 맞추는 게 어려워서 난리가 나거든. 그리고 땀 차면 테이프가 잘 안 붙고."

"언제부터?"

"1학년 때부터. 하세가와가 머리끄덩이를 잡아당기고 질질 끌고 다녀서 그대로 쑥 빠졌어. 그 뒤로 다른 털도 점점 빠지기 시작했어."

"그래서 학교를 쉰 거야? 너무 심한데."

"있지. 나랑 같이 그 자식 없애버리자."

"어떻게?"

"그 펜, 꼰질러 버리면 돼."

"아무도 안 믿을 걸? 현행범으로 못 잡으면 소용없어."

"괜찮아. 담임은 내가 말하는 건 다 믿으니까. 나보고 그래 주겠다고 했거든."

"그래도……."

내가 결심을 못 내리고 있자, 마유코는 갑자기 나를 껴안았다. 몸 한가운데 심이 뜨거워진다. 어떻게 해야 좋을지를 몰랐지만 일단은 팔로 마유코의 등을 감싸 안았다.

"알았어."

바로 대답이 튀어나왔다. 여자애가 갑자기 안겨오는데 그렇게 말하지 않을 수 없었다.

"다행이야."

하고 속삭인 마유코는 고양이처럼 스르륵 내 팔에서 빠져나왔다.

그때 싹트기 시작한 것은 투쟁심도 정의감도 아닌, 강한 연애감정이었다.

마유코를 지켜주고 싶다.

어두컴컴한 방 안으로 저녁놀이 쏟아져 들어와 마유코의 실루엣을 비추었다. 예쁜 달걀형 머리와 가늘고 긴 목을 보고 있자니 손끝이 근질근질 간지러웠다. 저 목에 손을 가져다 대보고 싶다. 이 기분은 살의가 아니다. 성적인 욕구였다.

21

다음날 아침, 교실에 들어가자 내 책상이 사라져 있었다.

"아, 진짜 적당히 해라!"

고함을 치자 모두가 일제히 스마트폰을 꺼내 탭하기 시작한다. 하세켄이 내 얼굴을 보며 씩 웃는다. 다른 애들은 전부 나한테서 눈길을 피한다. 종횡무진 스마트폰 화면 위를 두들기는 엄지와 검지는 지금 나에 대한 욕을 토해내고 있다. 탓탓탓탓탓탓탓탓탓탓탓탓탓탓탓탓탓탓

탓탓탓탓탓탓탓탓탓탓탓탓탓탓탓탓탓탓탓탓탓탓
탓탓탓탓탓탓탓탓탓탓탓탓탓탓탓탓탓탓탓탓탓탓
탓탓탓탓탓탓탓탓탓탓탓탓탓탓탓탓탓탓탓탓탓탓
탓탓탓탓탓탓탓탓탓탓탓탓탓탓탓탓탓탓탓. 무언(無言)
의 대화가 이어진다. 지옥 같은 공간이다.

혀를 차면서 있을 법한 곳을 전부 뒤졌다. 조금이라도
빨리 찾아내야 한다. 괴롭힘 당하고 있다는 사실을 학교
측에 들키는 게 싫었다. 내신 성적에 안 좋다는 소문도 있
고, 무엇보다 부모한테 연락이 가는 게 민폐다. 걱정해주
고 도와주는 부모라면 모를까. 하지만 우리 집 부모는 그
런 타입도 아니다. 나는 부모님을 실망시키고 싶지 않았
다. 일부러 기대를 배신하는 쪽이 차라리 낫다.

랄프가 올 때까지 어떻게든 원래 자리에 책상을 놓아야
한다는 생각에 초조해졌다. 복도를 봐도 베란다를 봐도
내 책상이 안 보인다. 그렇게 커다란 걸 간단히 숨기기는
어려운 법이다. 어디로 옮겨 놓는 거 말고는 방법이 없었
을 텐데, 그럼 도대체 어디다 처박아둔 거야?

그때 마유코가 내게 다가와 복도를 향해 떠밀었다. "나
무를 숨기려면 숲에다."하고 속삭였다. 무슨 소리인지 못
알아먹고 멍 때리고 말았다. 뭔 암호야?

"하아, 옆 반에 가봐."

짜증난 말투로 마유코가 말했다.

옆 반인 4반 교실을 훔쳐보니 뒤쪽에 덜렁 떨어져 있는 책상이 보였다.

"잠깐만."하고 개미목소리로 안에 들어갔는데, 바로 4반 전원의 시선이 쏴쳐 박히는 느낌이 들었다. 책상 위 낙서를 보고 내 것이라는 걸 확인했다. 역시 마유코네. 경험자는 다르구나, 하고 감탄했다.

이걸로 나에게 일어나고 있는 일을 다른 반 녀석들한테도 들키고 말았구나. 쓸 데 없는 짓거리나 하고 말이야. 적어도 반 안에서 끝내야지.

그래도 아직 여유가 있었다. 앞으로 하세켄의 커닝을 고발해서 지금 내 포지션으로 끌어내릴 거니까. 그런 생각이 강해진 덕분인가보다.

그그그극, 하고 귀에 거슬리는 소음과 진동이 몸 안에 울려 퍼지는 것을 느끼면서 책상을 3반 교실로 돌려놨다. 몇 초 늦게 랄프가 들어왔다. 세이프. 마유코를 보고 시선으로 고마움을 표현했다. 잘 나가는 남자처럼 엄지를 치켜드는 나이스 포즈로 감사를 표현하기는 아직 망설여진다.

"여러분, 류의 가족으로부터 장례식에 와준 친구들에게 고맙다는 말을 전하고 싶다고 학교에 연락이 왔습니다. 우리 반에도 몇 명인가 방문했던 것 같구나. 고맙다."

그때, 왼쪽 비스듬히 앉은 아이자와 세이카가 갑자기 울기 시작했다.

"세이카, 무슨 일이지?"

아이자와 세이카가 부축이라도 받듯 친구와 함께 교실을 뛰쳐나간다. 그 뒤를 랄프가 쫓는다. 10분 정도 지나 세 명이 돌아왔다. 아이자와는 이제 울음을 그쳤지만, 내 복잡한 기분은 여전히 밝아지지 않은 채 아침조회는 다시 시작됐다.

"류에게 일어난 일로 다들 충격을 받은 것은 이해한다. 하지만 계속 그 일을 가슴에 품고 살아서는 안 되니까—"

어디 인터넷 사이트에서 주워들은 것 같은 판에 박힌 위로 말고는 못하는 랄프를 보며 선생님으로서 미숙하기 짝이 없다고 생각했다. 학생을 얕고 넓게 밖에는 볼 줄 모른다. 지금 이 순간에도 랄프의 말에 감동받아 눈물 흘리는 학생 따위는 한 명도 없었다. 뭐랄까, 허접쓰레기 같이 얄팍한 싸구려 설교?

자, 그럼. 랄프는 본론으로 들어가 볼까 하는 느낌으로 화제를 바꾸었다.

"이번에는 영어 평균점이 학년 탑이었다. 상으로 한 명씩 '블랙 썬더 초코바'를 하나씩 나눠주겠다."

이번 시험결과 같은 거 개나 줘버리라고 그래.

블랙 썬더를 나눠받는 와중에 하세켄이 작은 종잇조각을 던졌다.

[그 게시글, 혹시 토모야가 쓴 거 아님?]

나는 짜증이 확 솟구쳐 하세켄을 노려보았다. 나를 쳐다보며 바보 취급하는 얼굴로 웃었다. 내가 반 애들에게 따돌림 당하는 게 재미있다는 느낌이다. 게다가 내가 의심병에 걸려서 어쩔 줄 몰라 하는 모습을 즐기고 싶다는 속셈이 빤히 보였다.

"선생님."

나는 일어섰다. 지금이라면 말할 수 있다는 느낌이 들었다.

"하세가와는 시험을 보고나서 항상 부정행위를 저지르고 있습니다. 답안지를 돌려받으면 답을 고쳐서 점수를 올리고 있습니다. 제가 봤습니다."

"하세가와, 사실이냐?"

"당연히 구라죠, 제가 왜 그런 짓을 해요? 야, 잇페이!

없는 말 지어내지마."

"정말입니다."

"증거도 없으면서 아무 말이나 나불거리지 마라."

뒤가 구린 놈일수록 증거를 내놓으라고 난리치는 법이지.

"증거도 있습니다. 하세가와 필통에 들어있는 다기능 펜을 보면 알 수 있을 것이라고 생각합니다."

랄프가 하세켄 자리로 걸어간다. 조금만 더 가면 된다. 하세켄을 매장하기까지 카운트다운 10, 9, 8, 7, 6, 5, 4, 3, 2, 1.

"이게? 이게 어떻게 증거가 되는데."

랄프가 고개를 갸웃거린다. 그 옆에서 하세켄이 입을 삐죽거리며 "트집 잡지 마!"하고 소리치고 있다.

"그 펜을 사용해서 고치는 모습을 봤습니다. 그 펜은—"

한바탕 마법의 펜이 어떻게 작동 하는가 떠든 것은 좋았는데, 그건 직접적인 증거가 되지 않는다는 반론을 듣고 말았다. 역시 현행범이 아니면 무린가? 랄프가 눈썹을 찌푸리며 나를 바라본다. 쓸데없이 싸우지 마라, 하고 말하는 느낌이었다.

"제가 봤어요. 정말입니다."

"그럼 달리 또 본 사람은 있나?"

—둥.

또 그 반응이다.

모두가 일제히 나를 노려본다. 거짓말쟁이, 라고 눈이 말한다. 이제는 항복이다. 괜한 말을 해서 자기 무덤을 팠다.

"네."

마유코가 손을 들었다.

"진짜로?"

랄프가 물었다.

"네. 이과 5번 문제 답을 고치는 것을 봤습니다. 하세가와가 점수를 고쳐달라고 선생님께 나간 건 모두가 봤으니까 다 알고 있으리라 생각합니다."

놀란 사람은 하세켄만이 아니었다. 반의 모두가 아연실색했다. 다른 사람이었다면 이렇게 놀라지 않았을 게 분명하다.

마유코는 어떻게 하세켄이 답을 고쳤는지 상세히 설명했다. 하세켄은 추접스럽게 물고 늘어지는 정치가처럼 끝까지 자기 잘못을 인정하려고 들지 않았다.

하지만 랄프는 기껏 마유코가 용기를 냈는데 무시할 수 없다면서, 필사적으로 하세켄의 부정을 밝혀내려고 했다.

여태까지의 시험을 처음부터 다시 검토하고, 답안확인 도중에 점수를 수정해달라고 하지 않았냐고 각 과목 선생님을 찾아다니며 물었다. 그리고 보니…… 하는 느낌으로 차례로 선생님들이 당시 정황을 떠올렸고, 하세켄은 구석에 몰리는 형국이 되었다. 그리고 이번에 받은 전 과목 점수를 빵점처리 한다는 벌칙을 받았다. 하세켄이 축 처진 모습이 쌤통이었다.

그 다음 주부터 하세켄은 학교에 나오지 않게 되었다.

안도의 한숨을 내쉴 여유는 없었다. 이걸로 나를 향한 개무시가 끝날 리는 없으니까. 오히려 역효과가 터져 '고자질쟁이'라는 불명예스러운 별명이 플러스되었다. 어째서인지 내가 나쁜 놈이 되어있었다.

22

하세켄이 없어지자 개무시와 괴롭힘을 다방면에서 받게 되고 말았다. 무슨 일이든 리더가 있어야 하는 법인가보다. 여태까지와는 상황이 다르다는 사실이 확실히 느껴졌다. 공격이 한군데에서만 오는 게 아니라서 이젠 누가 공격해 오는 것인지 짐작도 안 가게 되고 말았다. 이러느니 명확히 누구에게 뭘 당했는지 이해라도 가는 상황이 차라리 나았다. 눈앞에 있는 공포와 싸우는 것보다 눈에 안 보이는 공포와 싸우는 게 더 무섭다는 사실을 나는 알았다. 누명을 쓴 건데도, 한번 시작한 괴롭힘과 따돌림을 없애는 게 이렇게 어려울 줄이라고는 생각도 못했고, 나는 그저 어찌해야 좋을지를 모른 채 망연자실할 수밖에 없었다.

매일 아침 사라진 책상을 찾는 게 일상이 되었다. 뿐만 아니라 급식 빵을 점토처럼 짓눌러버려서 책상 서랍 속에 가득 채워놓는 짓까지 당하게 되었다. 처음에는 몰랐는데 점점 배워가고 있다. 괴롭힘 당하는 인간은 아무 생각 없이 책상 서랍에 교과서나 필통을 집어넣어서는 안 된다고.

예전에는 교과서나 공책을 학교에 두고 다니는 게 당연했는데, 이제는 위험해서 그렇게 못한다. 아무리 무거워도 교과서랑 공책이랑 학용품 기타 등등을 죄다 가지고 돌아가는 게 안전했다. 그렇게 해도 학교에 있는 동안 물건이 없어지고, 찢어지고, 부서지는 일이 생겨서 최근에는 이동수업 때도 가방을 메고 다니는 게 버릇이 되었다.

뭐랄까, 매일매일 엄청난 에너지 소비를 하는 것 같다. 별거 아닌 일에 신경을 혹사시켜서 쓸데없이 고생과 시간을 들인다. 딱 까놓고 말하면, 차라리 전력질주가 훨씬 에너지 소비가 덜했다. 편하게 지냈던 몇 주의 시간이 그리워졌다.

청소시간. 마유코가 나타나 내게 말했다.

"그만하게 해줄까?"

"뭘?"

"맨날 책상 찾는 거. 귀찮지 않아?"

"됐으니까, 내가 알아서 할게."

그런 말 들어봤자 믿어지지도 않는다. 이미 하세켄을 공격한 게 역효과가 났는데 말이다. 얼마 안 있으면 하세켄도 다시 돌아올 거고, 따돌림은 몇 배로 늘어나겠지.

"종례 시간에 반에 오지 마."

"무슨 소리야?"

"어쨌든 오지 마."

교실로 돌아가자 여자애들의 비명이 들려왔다. 꺅꺅, 귀에 거슬린다.

"바퀴벌레!"

"진짜? 으악!"

"저쪽으로 갔어!"

"얼른 죽여!"

빗자루를 쥔 남자애가 쫓아다녔지만 사물함 틈으로 숨거나 커튼 뒤로 숨거나 하는 게 어지간히도 잽싸다. 죄다 죽여라, 죽여, 하고 소리를 질러댔다.

하지만 결국 바퀴벌레를 못 죽이고 쉬는 시간이 끝났다. 모두가 '교실 밖으로 도망치지 않았을까?'하고 자기들 입맛에 맞는 해석을 하며 마음을 가라앉히려 했지만, 바퀴벌레가 한 마리 나오면 열 마리, 서른 마리…… 아니 백 마리도 숨어 있다고 생각하라는 도시전설 같은 이야기를 떠올린 녀석이 있어서 다들 속으로는 부들부들 떨고 있었다. 언제 또 나올지 모른다. 웅성웅성 불안함을 남긴 채로 오후 수업이 시작되었다.

6교시가 끝나는 종이 울리고 나는 교실을 나섰다. 마유코가 말했던 대로 종례에 안 가는 것이 좋을지, 아니면 평소처럼 가는 것이 좋을지 판단이 서지 않았다. 일단 화장실에서 기다리기는 했는데, 역시 교실로 돌아가는 게 나을 것 같았다. 하지만 이미 랄프가 교단에 서 있어서 복도에서 교실 상황을 살펴보기로 했다.

"어디보자, 코미야 말인데, 누가 연락해본 사람 없나?"

랄프는 몇 번이고 토모야네 집에 찾아갔지만 토모야가 만나주지 않았던 모양이다.

아무도 말을 못 꺼내는 무거운 분위기를 바꾼 것은 여자애의 비명소리였다.

"바퀴벌레!"

방금 전 그놈이 다시 나온 모양이다. 스스스슥 하고 책상 밑을 달리면서 돌아다닌다. 모두가 다리를 의자 위로 올려 피신했다.

죽여라, 죽여! 꺅꺅 꺄악! 난리치는 반 애들 가운데 마유코 만이 미동도 안하고 있었다. 스윽 일어나 두세 발자국 나아가더니, 쾅! 바퀴벌레를 짓밟아버렸다. 이어서 엄청난 여자애 비명소리가 들리자, 흥, 웃음을 흘리고는 실내화를 뒤집어 짓밟힌 바퀴벌레를 모두에게 보였다. 배 언저리에 허연 게 주루룩 튀어나와 속이 뒤집힌다.

마유코는 티슈로 바퀴벌레를 잡아 쓰레기통에 버렸다. 반 아이들 시선이 모인다.

"마유코, 대단하구나."

랄프가 칭찬하자 더욱 이상한 분위기가 흘렀다.

종례가 끝나고 랄프가 나가자 모두가 일제히 마유코에게 "더러워!", "냄새나!"하고 비난을 퍼부었다.

"빨리 실내화 버려. 그 더러운 신발로 학교 걸어 다니지 말라고."

마유코는 아예 안 들린다는 듯 무표정하게 자리에서 일어났다. 그리고 내 자리로 걸어와 책상을 흔들었다. 그 안에서 바퀴벌레 사체가 한 마리, 두 마리, 세 마리, 계속 튀어나왔다. 마치 마술이라도 하는 양. 차례차례 갈수록 우수수수수. 이미 교실은 아비규환.

"기분 나쁘다고!"

남자애 한 명이 가볍게 등을 찼다. 마유코가 중심을 잃고 앞으로 고꾸라져 바닥에 쓰러진다. 머리를 누르며 자리에서 일어나 아무 일도 없었던 것처럼 교복 치마 매무새를 다듬는다.

그리고 이번에는 책상 속으로 손을 쑤셔 넣고 긁어냈다. 허연 덩어리가 가장자리에서 슬쩍슬쩍 보였다. 그건 급식 빵에 곰팡이가 핀 것이었다. 마유코가 내게 교실에는 들어오지 말라고 말했던 의미를 알아차렸다. 하지만 마유코가 언제 어떻게 바퀴벌레를 집어넣었는지는 알 수 없었다. 어찌 되었든 간에 이번 일로 마유코가 실내화를 도둑맞는 일은 더 이상 없겠지. 그리고 내 책상도.

23

다음날, 책상은 없어지지 않았지만 그렇다고 괴롭힘이 줄어든 것도 아니었다. 한 번 붙은 불은 여기저기 옮겨 붙어간다. 이제는 왕따 당하고 있다는 사실을 인정하지 않으면 안 되는 상황으로까지 몰리고 말았다. 단순히 무시당하거나 장난일 뿐이라고 넘기지 못할 레벨까지 왔다. 폭력이나 삥 같은 진부한 괴롭힘이 시작된 것이다. 얻어맞고 걷어차이고, 화장실에 갇힌 채로 옷을 빼앗기고, 어디서 주워듣거나 본 괴롭힘 수단은 어지간히 다 받은 기분이 들었다. 심한 일을 당하면 당할수록 혼은 몸에서 먼 곳으로 날아가 버린다. 끊임없이 학대를 받는 아이에게 이인증(離人症, Depersonalization)*이 유발 된다는 말을 들은 적이 있는데, 분명 자기 자신을 지키기 위한 자기방어본능이 그렇게 하는 것이리라. 나도 그렇게 나 자신을 지키는 수밖에 없었다.

방어 자세를 취하며 버티고 있자니 머리만 묘하게 맑아

---

* 자신이 몸과 마음에서 분리되어 스스로이 관찰자가 되는 듯한 증상을 느끼는 것. 세상이 마연해지고, 현실감을 상실하며, 유의성(有意性)을 잃었다고 느낀다. '유체이탈'이란 이인증의 일종으로 여겨진다.

져서, 어딘가 모르게 높은 곳에서 객관적으로 내려다보듯 나 자신을 보는 기분이 들었다. 얻어맞고 있는 건 어디까지나 내 몸이지 나 자신이 아니다. 진정한 의미로 현실도피. 뇌가 도망치고 있었다고 생각한다.

대놓고 SOS신호는 보내지 않는다.

아니, 보내지 못한다.

왜 학교는 그렇게도 왕따와 괴롭힘이 눈앞에서 벌어져도 모르는 거야? 하며 생각하고 말하는 사람도 있지만 완벽할 정도로 선생님 눈을 피해 벌어지니까 당연한 것이다. 왜 누구한테 말하거나 상담하지 않았지? 하고 의문을 던지는 사람도 있는데, 못하는 건 못하는 거다. 따돌림을 당하고 있다고 다른 사람한테 털어놓는 데도 용기가 필요하다. 창피를 무릅쓰고 처참한 자신을 솔직히 꺼내놓을 정도로 강건한 마음을 나는 갖고 있지 않았다. 따돌림이 괴로워 자살하는 놈들의 기분이, 지금은 이해가 간다.

괴롭히는 놈들이 책상 속에 벌레 사체를 쑤셔 넣기 시작한 건 바퀴벌레 사건 때문이겠지. 처음에는 메뚜기 사체였다. 그 다음에는 노린재였다. 다음에는 거미, 민달팽이로 이어졌다. 책상을 기울여서 전부 바닥에 쏟아내고 빗자루로 쓸어서 밖으로 버리면 다음날 또 벌레 사체가 들어가 있었다. "쳐 먹어."라며, 내 얼굴을 바닥에 짓누르는 같은 반 놈의 눈은 완전히 맛이 가 있었고, 멀뚱히 보기만 하는 놈들은 무책임한 발언을 하는 잔혹한 관객이 되어 웃으며 즐겼다. 아무리 그래도 벌레 사체를 입에 넣는 건 도저히 못하겠어서, 끝까지 입을 꾹 다물고 버렸다. 그걸 억지로 열어서 집어넣으려고 들자 뿌득, 뇌혈관이 끊어지면서 뚜껑이 열리는 감각이 들었고, 우으와악! 하고 고함이 터져 나왔다. 순간 괴롭히던 놈이 쫄았다고 느꼈다. 이대로 빡쳐서 이상해진 척 하자. 그러면 더 이상 아무도 나를 공격하려고 들지 않을지도 모른다고 순간 생각이 떠올라서 우오오와아악 소리를 지르며 난동을 부렸다. 눈을 까뒤집듯 부릅뜨고, 두 팔을 붕붕 돌린다. 모두가 "야, 위험한 거 아니야?", "드디어 완전 미쳐버렸네.", "워~ 워~ 워~ 워~."하고, 파이팅 포즈를 취하고 위협했다. 예상 밖의 반응에 당황한 나는 휘두르던 팔을 멈추고 그저 우와 우왓, 하고 찌질한 소리를 낼 뿐이었다.

교실로 달려 들어온 랄프가 고함쳤다.

"뭐하는 거야!"

반 애들 중 하나가 그냥 좀 싸운 거라고 말하자 랄프가 미산에 주름을 잡고 칠판을 쾅 하고 치며 말했나.

"제발 부탁인데 문제 좀 일으키지 마라. 내가 모르는 줄 알아?"

대강 뭐가 어떻게 돌아가는지 다 안다, 그런 말투였다. 하지만 소리치는 것 말고는 아무것도 못하는 볼품없는 교사한테, 이 상황을 원래대로 돌려놓을 수단이 없다는 사실은 모두가 알고 있다. 나 자신도 랄프에게 의지해봤자 상황이 악화될 뿐이라고 생각하고 있었으니까, 아무 말도 안 하자는 방법을 선택했다. 울면서 매달리고 도와달라고 비는 것은 영 내키지가 않아서 망설여졌다.

1교시 시작종이 울리고, 모두가 자리에 앉았다. 랄프가 나가자 다시 나를 향한 괴롭힘이 시작되었다. 이제 뭘 어떻게 해야 좋을지, 뾰족한 수가 남은 게 없었다. 언제까지 참아야 이 상황에서 탈출할 수 있을까?

지금 나랑 대화하는 사람은 마유코 뿐이다. 마유코는 이 상황을 즐기는 것처럼 보인다. 마치 게임 컨트롤러를 2인용으로 맞춰놓았을 때처럼.

유일한 즐거움이 청소시간이라니, 막장 내 인생, 완전 쫑났네.

"저기, 이제 알겠지? 그 정답."

마유코가 신이 난 목소리로 말하며 다가왔다. 전에 그

비둘기 사체 사진과 함께 메시지가 적힌 게시물 이야기였다.

"아아, 그거."

"힌트, 죽어도 불쌍하다는 말 못 듣는 것."

"바퀴벌레 맞아?"

"바퀴벌레라. 응. 틀린 건 아니지."

"왜 그거에 그렇게 집착하는 거야?"

"그냥."

마유코는 양쪽 입꼬리를 균등하게 천천히 비틀어 올리며 웃었다.

바퀴벌레라는 것은 어쩌면 비유일지도 모른다. 차이나 칼라가 달린 검은 교복을 똑같이 입은 새까만 집단을 가리키는 것인지도 모른다. 마유코는 계속 개무시를 당하고 왕따를 참아왔다. 히로도 똑같이 왕따를 당했다면 동병상련으로 동정심이 싹텄다고 해도 이상하지는 않다. 그 복수를 하려고 다시 학교에 나왔다고 하면 앞뒤는 맞는다. 다만 내가 괴롭힘을 당하는 이유만은 모르겠다. 이건 마유코와 관계가 있는 것일까? 아니, 그렇지만……. 아무리 생각해봐도 해답까지는 도달하지 못했다.

마유코가 적인지 같은 편인지도 모르겠다. 하지만 시금

내게는 마유코 말고는 아무도 없다.

24

하세켄이 학교에 나오지 않은지도 10일이 지났다. 반 놈들은 여전하고, 걱정하는 모습도 보이지 않는다.

나는 그저 시간만 보낸다. 평소처럼 책상을 확인하려고 안을 바라보니 검은 비닐에 싸인 덩어리가 보였다. 벌레 사체가 아니라는 사실만은 명백했다. 평소랑은 분명 다르다. 만지는 게 무서워서 책상을 기울여 내용물을 쏟아내려고 했는데 덩어리는 어지간히도 나오지 않는다. 세게 흔들어보자 버스럭 하는 소리를 내며 바닥에 떨어졌다. 반 애들이 내 행동을 수상한 눈으로 보고 있었다. 재미있어하는 느낌이 아니다. 그 덩어리를 남자애 중 하나가 뭐야 이거, 하고 말하며 가볍게 찼다.

"으악!" 그 자식은 기분 나쁜 감촉이라고 난리쳤다.

"야, 이 씨! 이게 뭐야?"

내가 묻고 싶은 질문이다. 나도 모른다는 뜻을 담아 고개를 가로 저었다.

"야, 잇페이. 네가 열어."

직접 만지는 게 싫어서 비닐봉지 끝자락을 들고 뒤집어 내용물을 꺼냈다.

다음 순간 교실이 비명에 휩싸였다. 안에서 튀어나온 것은, 무려, 비둘기 사체였다. 병들어 죽은 비둘기일까? 아니, 병이 아니다. 기묘한 방향으로 날개가 부러졌다. 머리도 짓뭉개졌다. 누군가가 위해를 가한 게 틀림없다.

"어떻게 좀 해봐, 잇페이!"

같은 반 놈이 당황해서 내게 명령해댔다. 왜 내가? 너희가 한 짓 아니야?

"싫어!"

나는 소리쳤다. 벌레 사체는 만질 수 있어도 비둘기는 무리였다. 목숨의 가치에는 크고 작음이 없다는 말이 있지만, 벌레와 비둘기를 비교하면 느껴지는 무게가 전혀 달랐다. 리얼하게 죽은 걸 만지는 짓, 나는 못한다. 완강히 저항하고 있는데 교실 뒤쪽에서 나타난 마유코가 슥삭, 하고 비둘기를 잡아 비닐봉지에 넣고 교실을 나갔다.

기묘한 분위기가 흐른다. 이건 누가 한 짓이야? 모두가 눈으로 그렇게 말하고 있었다. 안 보이는 악의가 덮쳐와 나는 다시 망연자실했다.

기적 같은 걸 믿는 사람은 아니지만 아주 살짝, 조금만이라도 좋으니 누가 날 도와줬으면, 구원이 찾아왔으면 했다.

흔들림이 없는 것. 예를 들어 애정이나 우정 같은 그런 게 있다면 아직 더 견딜 수 있을 것만 같아서 지푸라기라도 잡는 심정으로 토모야네 집을 찾아갔다. 하지만 결과는 평소랑 똑같았다.

내일부터 하세켄이 다시 학교에 나온다고 랄프가 말했다. 가정방문을 가서 설득했다고 한다. 나는 보복이 두려워 학교를 쉴까 생각했다. 하지만 쉬지 못했다. 겨우 하루만 쉬기에는 무언가가 크게 뒤틀리고 잘못될 것 같은 기분이 들었다. 다시는 학교로 가지 못하게 될 것 같아서 공포가 엄습해 결국 평소처럼 등교했다.

아직 괜찮아. 아직 괜찮아. 그렇게 스스로를 고무시키고, 속여서, 조금씩 앞으로 나아간다. 뭐가 나를 그렇게 만드는지는 모르겠다. 하지만 사명감 같은 걸 느꼈다. 같은 반 놈들한테 복수하겠다는 마음이 아니라, 나 자신의 문제였다. 마유코의 존재도 컸다고 생각한다. 마유코가 괴롭힘 받는 리스크를 떠안으면서까지 학교에 나오는 진짜 이유를 알고 싶었고, 그걸 알게 된다면 지금 이 상황에서 벗어날 힌트를 얻을지도 모른다고 생각해서다. 딱히 근거가 있어서는 아니다. 하지만 뭔가 있다고 직감적으로 느꼈다.

사건은 바로 터졌다.

하세켄은 아침에 '형아'를 동반하고 교실로 들어왔다. 혼자서 교실에 들어가기는 창피하니까, 같은 귀여운 이유라면 작전은 성공이었을 것이다. 하지만, '저 새끼'가 그런 놈 일리가 없다는 걸 모르는 사람은 없다.

'형아'의 쫄따구 세 명도 같이 왔다. 통칭 하세가와 군단. 내가 겁쟁이라면 하세켄은 비겁한 찌질이였다. 자기 혼자서는 아무것도 못하는 주제에 하는 짓이 하나하나 쪼잔하다.

"타이라 잇페이, 잠깐 좀 보자."

쫄따구 가운데 하나가 내게 말을 걸어왔다. 3학년 일진한테 불려간다니, 오줌을 지릴 정도로 무서운 일이다. 반애들이 불쌍하다는 눈으로 바라본다. 왜, 왜 나만 부르는 거야? 하고 고개를 빙빙 돌리며 마유코를 찾았지만, 화장실이라도 갔는지 모습이 보이지 않았다.

나는 거절도 못하고 그저 양아치들 뒤를 졸졸 따라간다. 〈크로우즈〉 같은 형님들이 나 같은 놈한테 무슨 볼일이 있을까? 안 봐도 뻔하다. 집단으로 날 샌드백처럼 두들기려는 것이다. 하세켄은 신나서 덩실거리며 내 뒤에서 걸어왔다.

학교에는 사각지대가 얼마든지 있다. 나쁜 짓을 해도 선생님들이 발견하지 못하는 장소를 '이 새끼'들은 누구보다 잘 알고 있을게 뻔하다. 예를 들면 담배 피우는 장소라든가. 또 예를 들면, 여자랑 달라붙는 장소라든가. 또 다시 예를 들면 짜증나는 놈을 두들겨 패는 장소라든가.

끌려간 장소는 의외로 스테레오타입인 체육관 뒤였다. 폐허로 변한 옛날 건물이 안쪽에 있고 도로 쪽에는 나무가 울창해서 밖에서는 전혀 보이지 않았다. 공포로 다리가 떨린다.

"잇페이, 이 새끼야! 다른 놈은 몰라도 너는 절대 가만 안 둬!"

하세켄이 말했다.

(이렇게 나오다니, 비겁한 새끼!)

마음속으로 소리 지르고 있는데, 입 밖으로 나오지 않는다.

"켄타로, 얘랑 맞짱 떠라."

"형아가 조져주는 거 아니었어?"

"찐따 새끼 줘 패봤자 재미 하나도 없어, 인마."

"아, 알았어……."

하세켄은 불만스레 입을 삐죽이고 내게 다가왔다. 한동안 서로 노려보았지만 싸움이라고는 해본 적도 없는 우리는 상대가 어떻게 나오나 가만히 기다리는 것 말고는 할 수 있는 일이 없었다. 일정한 거리를 유지한 채로 커다란 원을 그리듯 천천히 돈다. 실내화 밑창이 자갈을 밟는 감각이 전해져 와서 넘어지기만 해도 엄청 아프겠다는 생각이 들었다.

쯧, '형아'가 혀를 찼다.

"이 새끼들, 더럽게 질질 끄네."

그러곤 침을 퉤 뱉더니, 내 교복 목덜미를 확 틀어잡아 올렸다.

입에서 윽, 하는 소리가 났을 때에는 이미 2미터 정도 붕 날아간 상태였다. '형아'의 강력한 발차기가 배에 명중한 것이다. 그걸 신호로 쫄따구들이 나를 덮친다. 바닥에 얼굴을 짓눌리고, 얻어맞고, 걷어차이는 폭행이 이어진다. 자갈이 입 안에 들어와 속이 안 좋다. 펫, 펫, 하고 뱉어도, 뱉어도 바로 다시 들어온다. 통증으로 몸속이 뜨겁다. 공포로 눈을 못 뜨겠다. 이제 아무것도 보고 싶지 않다. 버티자, 버티는 거다. 이 자식들이 질릴 때까지.

도중에 아픔은 마비되어 간다. 큰소리로 살려달라고 소리쳐 봤자 아무도 이런 곳에는 오지 않는다. 더욱이 상대가 하세가와 군단이다. 누구라도 꼬리를 말아버릴 것이다. 어쨌든, 아프다. 지금까지 맛 본적 없는 강렬한 통증이었다. 반 놈들은 사람을 괴롭혀본 적이 별로 없어서 걷어찰 때도 적당한 수준으로 밖에 못 찬다. 하지만 '이 새끼'들은 묵직하게 체중을 실어서 걷어찬다. 인간을 어느 정도로 걷어차야 안 죽는지를 알고 있으니까 가능하다. 들킬 것을 걱정해서 얼굴이 아닌 몸을 집중적으로 때린다는 암묵적인 룰이 있다고? 그런 건 다 헛소리였다. 이놈들의 콘셉트는 죽지만 않을 정도로 마음껏 두들겨 패자, 라는 것 같았다. 나는 몸도 마음도 샌드백이 되도록 머리를 텅 비웠다. 더 이상 여러 가지를 생각하거나 분석하는 게 바보 같아졌다. 눈을 감고 그저 버텼다.

"자자, 거기까지."

몽롱한 의식인 와중에도 목소리의 주인을 올려다본다. 눈에 먼지나 모래가 들어가 잘 안 떠진다.

"약한 애들 괴롭히는 거는 꼴불견이야. 하세가와, 넌 그딴 짓 안 하는 거 아니었어? 그치? 하세가와."

아사즈마 선배 목소리다.

"너 이 새끼, 지금 뭘 찍는 거야!"

'형아'가 황급한 말투로 말한다.

아사즈마 선배가 이쪽으로 걸어오는 걸 소리로 알 수 있었다.

"이거, 선생님한테 보여드리면 볼만하겠는데? 유튜브에 업로드 하는 것도 나쁘지 않겠고."

내가 폭행당하는 장면을 촬영해준 것일까?

"야, 그거 내놔 봐."

'형아'가 아사즈마 선배에게 다가간다.

"더 이상 접근하면 바로 경찰 부를 건데?"

아사즈마 선배의 표정은 보이지 않지만, 목소리는 침착했다.

"아— 짜증나네."

하세가와 군단이 포기한 듯이 내게서 한 발자국 물러섰다.

"일단 잇페이한테 사과부터 하시지. 너도, 어서."

아사즈마 선배가 하세켄을 재촉했다.

하세가와 군단은 선생님한테 찌르면 죽여 버린다, 라는 대사를 남기고 사라졌다.

"가사하이다."

입 안에 모래가 들어가 제대로 말이 안 나왔다.

"좀 더 빨리 등장할 걸 그랬나?"

아사즈마 선배는 쿨하게 웃었다.

"어떻게 여기에?"

나를 도와주러 오셨습니까, 라는 뉘앙스로 물어보았다.

"아니, 방금 편지를 받았는데 말이야. 옛날 건물 앞에서 기다리고 있겠다고 적혀있어서 와봤을 뿐이야."

"누가?"

"이름이 안 적혀 있었거든. 한 번 볼래?"

예쁜 꽃무늬 편지지에 동글동글한 글자를 보자마자 "아~"하는 멍청한 소리가 나올 만큼 강렬하게 상황이 납득되었다. 누군가가 아사즈마 선배에게 러브레터를 보낸 것이다. 여기서 사랑고백을 하려고 했던 이름 모를 소녀여, 감사합니다, 그리고 고백을 방해해서 미안합니다, 하고 생각했는데 소녀의 모습은 어디에도 보이지 않았다. 아마 하세가와 군단을 보고 무서워서 발길을 돌린 거겠지.

"동영상, 어떻게 하실 생각이십니까?"

"애초부터 찍지도 않았어. 나 배터리 다 나갔거든."

"진짭니까?"

내가 놀라는 모습을 본 아사즈마 선배는 스마트폰 전원을 누르며 "봐."하고, 새카만 화면을 보여주었다. 세상에, 하세가와 군단을 앞에 두고 타짜처럼 구라를 친 것이다. 역시 학교에서 제일 여자한테 인기가 많은 남자. 배짱도 두둑하다.

그리고는 둘이서 웃음을 터트렸다.

아사즈마 선배는 역시 멋있다.

25

교실로 돌아가니 1교시 영어가 이미 시작했다. 랄프는 내 얼굴을 보고는 "무슨 일이 있었나?"하고 물어왔다. "넘어졌습니다."하고 바로 거짓말을 했다. 누가 봐도 알 거짓말이다. 커다란 상처나 코피가 나거나 하지는 않았다. 하지만 얼굴에 긁힌 상처나 교복에 묻은 흙이며 얼룩을 보면 무슨 일이 있었는지 상상하기란 어렵지 않겠지. 솔직히 털어놔라, 하고 캐물어도 나는 대답하지 않았다. 아마 마유코라면 그렇게 하겠지, 하고 생각했다. 남자의 근성이란 거다.

"있다가 교무실로 와라."

하고 말한 랄프는 입을 'ㅅ'자 모양으로 꾹 다물고 관자놀이를 긁었다.

괴롭힘의 스위치라는 녀석은 순간적으로 켜진다. 모두가 하세켄을 멀찍이 둘러싸면서 바라보게 되었다. 이 세상이란 악이라고 생각하는 것을 철저히 배척하고 제거해야만 직성이 풀리는 것일까? 애초에 하세켄을 좋게 안 보던 누군가가 이때다 하고 이야기를 꺼냈다거나 해서 시작된 게 아니었다. 서로 평등해야 한다고 억지로 강요받고 짓눌려 온 우리 중학생들은 '빼끼 치는 놈'을 특히 싫어했다. 더욱이 나나 마유코 같은 '찌질이'한테 당해서 등교거부를 하게 되었으니, 그 찌질한 정도는 이루 말할 수 없었다. 열 받아서 보복하려고 '형아'힘을 빌린 것도 역효과가난 모양이다.

하지만 일단 지금은 왕따까지는 아니고 그냥 쌩까기 단계였다. 하여튼 다들 교활하다. 쌩까기가 진짜 무서운 점은, 당하고 있다는 걸 입증하기가 어렵다는 것이다. 반 전원이 쌩까버리면 하세가와 군단도 손쓸 방도가 없다. 그저 하세켄 본인만 상처받을 뿐이다. 견디는 것 말고는 대처방법이 없다. 그게 싫으면 드롭아웃(drop out)하면 된다.

등교거부를 하든 전학을 가든 자살을 하든, 선택지는 많지 않지만 상처받지 않으려면 달리 방법이 없다.

여태까지 미움 받는 일에 둔감했던 하세켄도 반 전부가 자기를 쌩까니 충격을 상당히 받은 모양인지, 한 번도 본 적이 없는 정도로 얌전해졌다. 수업 중에 선생님의 실수에 큰 소리로 웃거나, 다른 사람 험담을 하던 모습도 더 이상 보이지 않게 되었다. 남이 보기에는 그저 자기 맘대로 떼나 쓰는 사회성 부족한 놈이었을 뿐이지만 자기 딴에는 고독한 한 마리 늑대라 착각하고 폼을 잡고 있었던 탓에 하세켄에게는 진짜 친구라 부를만한 친구가 없었다. 그러니 물론 이 상황에 도움의 손길을 내밀어 줄 녀석도 없다.

나는 한 가지 사실을 알아차렸다. 내가 괴롭힘을 당하게 된 뒤로 마유코를 향한 괴롭힘이 줄어들었다. 하세켄이 개무시를 당하기 시작하자 더욱 줄어들었다.

여기에서 왕따 가해자와 왕따 피해자의 숫자가 역전되면 왕따는 없어지는 게 아닐까? 하는 가설을 세워보았다. 뭐, 그런 일은 현실적으로 불가능하지만. 적어도 피해자 수가 늘어나면 가해자의 부담이 늘어나게 되니까 어느새 점점 피해자를 괴롭히는데 들여야 할 각각의 시간과 에너지도 늘어날 것이다. 실은 마유코가 호시탐탐 계획을 진행시키고 있는 것인지도 모른다. 가해자에게 반격하는 게 아니라 피해자 수를 늘리는 참신한 방법으로. 혹시 이게 마유코의 진짜 목적이라고 한다면, 정말 대단하다.

교무실 문 앞에서 랄프를 찾았지만 모습이 보이지 않았다. 자기가 불러놓고 어디로 간 거야? 다시 발길을 돌리려 하는데 누가 나를 불렀다.

"이쪽."

생활지도실로 불려갔다. 들어가자마자, 차라도 마실래? 라고 물어봐서, 일단은 고개를 끄덕였다. 차 얼룩이 묻은 지저분한 찻잔이 눈앞에 놓였다. 행운의 상징인 수면 위에 우뚝 선 줄기* 하나가 나를 비웃는 것 같다. 한 모금을 마셨다. 너무 연해서 그냥 뜨거운 물 마시는 느낌이었다. 그래도 기분이 좀 가라앉았다. 계속 여기에서 쉬고 싶다는 기분이 들었다. 다른 사람 눈은 신경 안 쓰고 느긋하게 앉아있을 수 있는 곳이었다.

"너, 코미야랑 친하지?"

"네."

"무슨 일 있었어?"

"아뇨, 딱히."

---

* 엽차를 찻잔에 부을 때 곧추 뜨는 차의 줄기는 일본에서 길조로 여긴다.

"애들이 널 괴롭히는 건 코미야가 등교거부해서 그런 게 아니야?"

랄프는 아주 헛다리짚고 있었다.

"그거랑은 관계없습니다."

"그럼, 무슨 일이 있었던 거지?"

"글쎄요."

이 자식은 못 써먹는다. 한 번 그렇게 찍히면 끝이다.

"오늘, 반 애들한테 왕따에 관한 설문조사를 할 생각이다. 그리고 개별적으로 지도할 예정이야. 너도 거기에 솔직하게 적어줬으면 한다. 누구에게 무슨 짓을 당했는지."

"아뇨, 그런 건 좀."

"말로 하는 것보다 글로 쓰는 게 너희들 특기 아니었나? SNS 같은 거 하잖아."

"그런 거 한다고 누가 솔직하게 사실대로 쓸 리가 없잖아요."

"그럼, 부모님도 불러서 모두 함께 해결책을 생각해보자."

"네?"

뭐라는 거야, 지금. 부모님을 부르면 더 망할 텐데.

"이런 일은 처음부터 제대로 잡아야 해. 괜찮아. 내가 어떻게든 할 테니까."

'내가….' 같은 말을 하면서 내 부모를 부르겠다는 말을 하는 건 또 뭐야? 랄프에게 애초에 기대도 안 했지만 이 정도로 개등신 머저리 새끼일 줄이야, 오히려 불쌍할 정도였다.

말을 돌려야겠다고 생각했다. 랄프는 축구부 고문이기도 하다. 류짱이 안고 있던 고민을 알고 있을지도 모른다.

"저기, 류 말인데요."

"뭐?"

"축구부 안에서는 아무 일 없었나요?"

"그게 무슨 말이지?"

"문제가 있었다고 들었는데요."

"뭐 그 녀석도 올해 처음으로 축구부에 들어왔으니까 적응하기 어려운 점이 있었겠지."

"정말 그게 다 인가요?"

"벌써 다 해결된 일이야. 쓸데없이 캐고 다니지 마."

"그게 자살의 동기가 될 만한 일입니까?"

"모르지. 사고라고 판단하는 이상 나로서는 어떻게 할 방도가 없다."

"알려주세요. 토모야가 은둔하게 된 거나 제가 괴롭힘

을 당하는 것과 관계가 있을지도 모른단 말이에요."

"그게 무슨 말이야?"

"부탁드립니다." 나는 깊게 고개를 숙였다.

랄프는 으음, 하고 끙끙거리며 머리를 싸맸다. 한참 생각에 잠긴 뒤 겨우 입을 열었다.

"축구부 안에서 절도사건이 있었다. 몇 명이 지갑을 도둑맞았어. 그 범인으로 지목된 게 류였다. 물론 본인은 계속 부정했지. 하지만 증거가 나와 버렸어. 그 녀석 가방에서 지갑이 나왔거든."

"그거 혹시, 언제 벌어진 일인가요?"

"아마 류가 죽기 일주일 정도 전에 일어나지 않았나 싶은데."

"만약 그게 정말이라고 한다면, 아니 정말이 아니라 하더라도, 자살의 이유로는 충분한 거죠?"

"으음, 그러게. 하지만……."

"선생님은 류를 범인 취급하셨나요?"

"아니, 그게……. 주의는 줬다고 생각하는데."

갑자기 말꼬리를 흐렸다. 모두들 자기한테 불리하면 갑자기 얼버무린다. 책임지기 싫은 건 백보 양보해서 이해하지만, 사람이 한 명 죽었잖아, 지금. 좀 더 진지하게 대해야 하는 거 아닐까?

"다행이네요. 유서가 발견되지 않아서."

나는 화가 나서 한마디 안 하고는 못 배길 지경이었다.

"……."

역시 이 새끼한테 뭘 기대하면 안 된다. 그렇게 결심했다.

종례가 끝나자 겨우 해방되었다. 후우, 하고 한숨을 쉬며 아무도 모르게 서둘러 교실로 향했다. 다른 반은 아직 종례가 끝나지 않은 모양인지 복도는 조용하니 아무도 없었다. 기척을 숨기듯 복도를 나아간다. 안심한 탓인지 갑자기 오줌이 마려워 화장실로 뛰어 들어갔다. 그러고 보니 오늘은 하루 종일 화장실에 안 가고 있었다는 사실을 깨달았다. 아무 생각 없이 화장실에 들어가는 게 얼마나 위험한지는 마유코가 당한 걸 보고 배웠다. 아무도 없는 걸 확인하고 바지 지퍼를 내린다. 누가 들어올 것 같은 느낌이 들어 초조하기는 했는데 어지간히 오줌이 끝나지 않는다. 서둘러 지퍼를 잠그자마자 손도 안 씻고 전력질주로 밖으로 나왔다.

신발장 근처에서 마유코의 모습이 보였다. 서둘러 교실을 나와 버린 사실을 조금은 후회했다. 조금 부담스러운

분위기가 흘렀다. 저기…, 하고 말을 걸기도 뭐하고 아무
말도 안 하면 피하는 것 같고, 하고 고민하는 사이 마유코
가 먼저 말을 걸어왔다.

"오늘도 코미야 토모야네 집, 갈 거야?"

"아니……."

"빨리 학교로 오라고 말 좀 해줘."

"알았어."

"있잖아, 저번에 그 비둘기. 무서웠어?"

"아, 응."

고맙다는 말을 못했다는 게 떠올라서 작게 고맙다고 속
삭였다.

"걔들 다 무서워했었지?"

"도가 좀 지나치지 않아?"

"그래도 비둘기는 유해조류잖아."

"뭐 그렇긴 한데, 그 게시물하고 관계가 있는 걸까? 비
둘기 사체 사진 첨부된 그거."

"신경 쓰여?"

"그야, 신경 쓰이지."

"그럼 혹시 범인을 찾으면 어떻게 할 거야?"

"그선 솔직히 모르지."

"혹시 비둘기를 죽인 사람을 발견하면, 물어 봐봐. 왜 그런 짓을 하시는 건가요? 하고."

"어떻게 물어봐. 혹시 마유코 너는 범인이 누군지 알아?"

여태까지 따발총처럼 질문을 던진 주제에 갑자기 마유코가 입을 다문다. 그리고는 당돌한 질문을 던져왔다.

"너, 죽고 싶다고 생각한 적 있어?"

"어, 없어……."

"그런 생각 들면, 말해줘."

"뭐?"

"——줄 테니까."

잘 안 들렸다. 머리카락이 얼굴을 가려 표정도 잘 보이지 않았지만 웃고 있었던 것 같다.

죽고 싶다, 나도 언젠가는 그런 생각을 하는 날이 올까? 무섭다. 무서워서 상상하는 것만으로도 소름이 끼친다.

26

눈을 뜰 때마다 모든 게 다 꿈이었으면 좋겠다고 생각한다.

　류짱 자살설은 어느새 화제로 오르지 않게 되었다. 다들 비둘기 사체나 〈게임을 계속〉이라는 게시물까지 완전히 까먹어버린 걸까? 다만, 나를 향한 왕따만은 규칙적으로 이어지고 있었다. 소원이니까 제발 빨리 질려줘라. 선정적으로 보도된 왕따 사건의 가해자가 자기네 학교로 전학 왔다, 라는 말에 난리치고 싶은 기분은 이해한다. 하지만 왜 그게 나란 말인가? 도대체 누가 이런 헛소문을 퍼트렸단 말인가? 이제는 변호기회조차 주어지지 않는다. 그저 계속 괴롭힘 당하는 하루하루. 게다가 하세가와 군단한테 찍혔다는 사실까지 학교 전체에 퍼져버리고 말아서 내 생활은 더 답이 없다. 관계없는 3학년이 시비를 거는 일까지 늘어나버렸다. 부활동 안에서도 고립되기 시작했다. 사무적인 대화 이외엔 아는 척 안하는 놈들만 남았다. 겨우겨우, 아사즈마 선배가 "신경 쓰지 마."하고 말을 걸어주는 게 남아있는 유일한 구원의 손길이었다. 토모야는 여전히 은둔형 외톨이가 된 채로 스마트폰 전원도 꺼놓고 지낸다. 매일 만나러 가도 그 문은 전혀 열리지 않는다.

　나는 그저 매일 숨을 쉴 뿐이었다. 몸 어디에도 힘이 들어가지 않는다. 학교에 도착하면 일단 할 일은 책상과 의자가 제대로 제 위치에 있는지를 확인하는 것과 의자와 책상 상태를 확인하는 것이다. 볼트가 풀려있지는 않나, 빠져있지는 않나 하고. 의자에서 넘어지는 일도 있었기 때문이다. 책상 위 낙서는 매일 아세톤으로 지운 다음 집에 간다. 선생님에게 들키지 않으려고. 다음날 새로운 낙서를 발견해도 이제는 놀라지 않는다. 어휘가 빈약한 놈들이라 패턴이 세 개 밖에 안 된다. 이제는 무섭거나 화나는 단계를 넘어서 버렸다. 기척을 숨기고 견디는 게 가장 좋을 거라는 생각이 들자 조금 마음이 편해졌다.

꺼져 꺼져 꺼져.

귀찮은 일은 끈질기다.

그날 점심시간에도 나는 피난처를 찾아 복도로 나가려고 했는데 누군가의 방해를 받았다. 하세가와 군단이 문 앞에 서 있었던 것이다. 쿵쿵하고 위압적으로 안에 들어온다. 나도 모르게 교실 구석으로 이동해, 숨을만한 안전한 위치를 찾았다. 같은 반 놈들이 나를 산 제물이라도 바치듯 어깨를 밀어댔다. 지렛대로도 꼼짝 안할 마음으로 무릎에 힘을 넣었다.

"너네, 씨발 다 죽인다."

'하세 형아'는 만화 속 말고는 들어본 적이 없는 쪽팔릴 정도로 판에 박힌 대사를 내뱉더니, 교실 안의 의자며 책상이며 죄다 발로 걷어찼다. 이미 정상적인 사람이라면 이해가 불가능한 행동이지만, 아마 동생이 개무시 당한다는 말을 듣고 '형아'로서 열 받은 것이겠지. 그거 말고는 적절한 설명이 없다.

이마에 퍼런 혈관이 불뚝 솟아있다. 교실 구석에 숨은 채 서 있는데 '하세 형아'가 다시 나를 발견하고 야, 너, 하고 부른다. 큰일 났다, 여기로 온다. 얻어맞는다. 나는 눈을 꾹 감았다.

—뾱.

얼굴에 무언가가 닿았다. 코언저리에 위화감이 느껴진다. 조심스레 눈을 뜨고 확인해보니 생각지도 못한 씹던 껌이 코끝에 붙어있었다. 얼굴을 부들부들 가로저어서 떨어뜨렸다. 그 모습을 본 반 녀석들 몇 명이 웃었다. 자기들이 타깃이 아니라는 사실에 안도한 웃음이었다.

하지만 괜한 짓을 한 셈이었다. 하세 형아는 자기를 비웃는 거라고 착각한 모양인지, 실제로 웃어버린 남자애 몇 명을 차례로 잡아다 배를 때리기 시작했다. 깔끔하게 뇌중하는 오른손 어퍼컷에 무너져 내리듯 한 명 한 명씩

바닥으로 쓰러진다. 아무도 저항하지 않는다. 그때 내 머릿속에서는 〈킬 빌〉의 주제곡*이 울려 퍼졌다. 불똥이 튀었다는 느낌으로 얻어맞은 놈들이 나를 노려보았다. 아니, 너희들이 얻어터진 건 내 탓이 아니야. 물론 그런 생각을 입에 올리지는 않는다.

당사자인 하세켄은 어째서인지 지가 이긴 것 같은 얼굴로 모든 광경을 바라보고 있었다. 개무시를 당해서 화가 난 끝에 폭력을 휘두른다. 게다가 자기 힘도 아닌 '형아' 힘을 빌려서. 뭐 이런 비겁하고 찌질한 새끼가 다 있지. 나는 하세켄을 바보취급하려고 노려보았다.

애들 싸움에 어른이 끼어드는 게 옳은가 아닌가를 두고 가끔 입씨름이 벌어지고는 하는데 형제라면 상관없는 건가? 아니지, 솔직히 둘 다 쪽팔리는 짓이고, 나라면 절대 못한다.

차례차례 사람이 늘어난다. 처음에는 다른 반 2학년 놈들만 있었는데, 어느새 3학년까지 와서 뭐라고 뭐라고 소리치며 교실을 둘러싸는 꼴이 되었다. 재밌는 구경이라도 하듯 3학년이 하세와 군단을 부채질한다. 거기에 호응이라도 하는 듯이 하세 형아가 화려하게 난동을 부린다.

---

* 호테이 토모야스가 주연 및 음악을 맡은 〈신 의리 없는 전쟁(新.仁義なき戦い)〉의 동명 주제가이기도 한 'BATTLE WITHOUT HONOR OR HUMANITY(新.仁義なき戦い)'이다.

완전히 동물원 철창 속에서 벌어지는 잔혹 동물쇼 같은 상태로 변했다.

그때, 랄프가 나타났다.

"이 자식! 지금 뭐 하는 거야!"

그러거나 말거나 완전히 뚜껑이 열릴 정도로 열 받은 하세 형아의 폭력은 이어진다. 랄프가 말로 진정시켜보려고 하지만 그런다고 멈출 리가 없다. 하세 형아의 주먹이 랄프의 코를 향해 쾅, 하고 파고들었다. 꺄악! 여자아이들의 찢어지는 비명이 울리더니 이가라시가 들어왔다. 누군가가 불러온 모양이었다. 레슬링의 풀 넬슨* 자세로 붙잡힌 '하세 형아'.

"개 쓰레기 새끼들!"

폭언을 토하며 이가라시에게 연행된다. 반 남자애들은 전부 바닥만 보고 있었다. 쌩까지 마, 말고는 결정적인 말이 없었다곤 하지만 왜 쳐 맞았는지 정도는 다들 이유를 알고 있지 않을까? '하세 형아'가 아직 안 끝났어, 더 때려 부숴야 직성이 풀리거든? 하는 느낌으로 교실에서 끌려 나가자, 하세켄은 의기양양한 얼굴로 나를 보며 웃었다.

---

* 상대의 등 뒤쪽에서 겨드랑이 사이로 두 팔을 집어넣고 목 뒤를 조이면서 눌러 제압하는 레슬링 기술.

그 상황에서 내가 할 수 있는 최대한의 저항은, '찌질한 새끼'하고 작게 중얼거리는 것뿐이었다.

27

집에 돌아가 보니 방이 캄캄하고 아무도 없었다.

엄마한테 몇 시쯤 돌아오는지 물어보려고 스마트폰을 꺼내 탭 했다. 통화 연결음이 몇 번 울려도 엄마는 전화를 받지 않았다. 에이 씨, 됐다, 하고 냉장고 안을 뒤져 보았지만 적당한 게 보이지 않았다. 평소와 달리 보리차가 남은 게 없어서 오는 길에 사온 콜라 남은 걸 들이킨다. 편의점에라도 갈까 하고 현관으로 향하니 그때 집전화가 울렸다. 부재중 전화를 확인하고 엄마가 전화를 걸었구나 싶어서, 여보세요- 하고 성도 말 안하고 받았다.*

"저기, 타이라 씨 댁 아닌가요?"

들어본 적이 없는 남자 목소리였다.

"네, 맞는데요."

"타이라 마미의 담임을 맡고 있는 아라키라고 합니다."

---

* 일본은 전화를 받으면 성을 밝히는 게 예절이다.

누나네 학교 선생님이구나, 하고 알아차리자마자 "네." 하고 짧게 대답했다.

"마미는 좀 어떤가요?"

질문이 무슨 뜻인지 이해를 못했다. 누나라면 오늘 아침 평범하게 교복을 입고 나갔고, 아마 잘 지내고 있을 텐데. 몸 상태가 나빠서 조퇴라도 했나? 그럼 집에 들어와서 자고 있을 거고. 그런데 누나의 로퍼 구두는 현관에 없었다. 나는 순간 뭐라고 대답해야 가장 좋을지를 생각했다. 엉뚱한 대답을 해서 나중에 누나한테 혼나는 건 피하고 싶었다.

"저기, 저는 동생인데요. 부활동 끝나고 지금 막 들어와서 잘 모르겠어요."

"그러신가요. 그럼 어머님은 집에 계신지요?"

또 어려운 문제를 던진다. 아이돌 콘서트 이후로 요새 뭐 하고 다니는 지 파악이 안돼서 나도 요새 곤란해요, 하고 솔직히 대답하면 좋은 이미지는 못줄 것 같다.

"잠깐 밖에 나가셔서 지금 안 계세요."

"그러신가요. 벌써 사흘이나 학교에 안 나와서 걱정되어서 전화 드렸습니다."

"사……?"

사흘이나? 하고 물어볼 뻔 했는데 필사적으로 삼킨다. 대체 뭘 하고 다니는 거야? 혹시 누나도 왕따 당하는 거 아니야?

"아마 방에서 자고 있을 거예요."

이렇게 말하는 것 말고는 아무런 생각이 나지 않았다. 내 나름 최선의 대응은 여기까지다. 이 이상 질문을 받으면 대답하지 못할 것 같아서 초조해졌다.

"알겠습니다. 내일, 다시 전화 드리겠습니다. 그럼 안녕히 계십시오."

네, 하고 대답하고 수화기를 내려놓았다. 후욱, 하고 긴 한숨을 내쉬자 피곤함이 단숨에 몰려왔다. 거짓말을 몇 번이나 쳤는지 나도 몰랐고, 이게 정답인지도 몰랐다. 그래도 어떻게 끝냈다. 일단은 안심이다.

아니, 안심할 때가 아니다. 누나한테 묻지도 따지지도 않고 바로 전화해야지. 스마트폰 번호를 빠르게 눌렀다. 그러자 바로 누나가 피곤하게 늘어지는 목소리로 받았다.

"아-, 잇페이. 왜-?"

"지금 어디 있어! 담임한테 전화 왔었는데!"

"너, 뭐라고 했어?"

"그냥 방에서 잔다고 대강 둘러댔는데?"

"나이스. 역시 마이 브라더."

"농담하지 말고, 지금 어딘데?"

"남친네."

"아— 그러셔. 학교는?"

"때 되면 가겠지."

"때 되면, 이 언젠데?"

"몰라, 아—씨! 시끄럽고, 금방 집에 갈 거니까, 일단 엄마 오면 대충 구라 좀 쳐놔. 친구가 배 아파서 집에 데려다주느라 늦는다, 뭐 대충 그렇게."

"뭔 소리야, 그걸로 누가 속아?"

"몰라, 알아서 해. 알았지?"

전화가 뚝, 끊겼다. 다시 걸어봤지만 바로 통화거부로 넘어갔다.

[연락은 LINE으로]라는 짧은 문장이 날아와서 [빨리 집에 와]라고 답신 했는데, '읽지 않음'상태다. 누나가 지금 뭔 생각을 하는 건지 전혀 이해가 안 갔다. 학교를 땡땡이치고 남친네? 뭐야 그게? 나한테는 전혀 이해가 안 가는 행동과 발상.

일단 배불리 먹고 자고 싶었다. 자전거를 타고 편의점으로 향한다. 튀김이랑 샌드위치, 식후용 디저트를 사기로 했다. 만화를 몇 권 훑어본 다음 밖으로 나왔다. 편의점 앞 주차장에 다른 중학교 일진이 몇 명 모여 있었다. 나는 서둘러 자전거에 타고 집으로 돌아가는 길을 서둘렀다. 집에 가니 엄마와 누나가 거실에서 텔레비전을 보며 늘어져 있었다. 누가 먼저 돌아왔는지 확인할 마음도 들지 않았다.

"아, 잇페이 왔어? 뭐 샀어? 봐봐. 아! 핫도그 내-꺼."

"난 그냥 푸딩이면 돼."

"……."

진짜 다들 너무 제멋대로다.

내 방으로 돌아와 영화를 보면서 그대로 잠들었다.

28

학교에 가자 묘하게 소란스러웠는데 무슨 일이 벌어졌는지 바로 알아차렸다.

하세 형아가 어제 자전거를 타고 가다 사고를 당해 다쳤다고 한다. 단독으로 가드레일에 강하게 부딪혔다고 속물처럼 입이 가벼운 녀석이 떠벌리고 있었다. 생명에는 지장이 없지만 한동안 입원해야 한다는 말을 들었다. 쌤통이다. 최소한 여름방학까지 병원 침대에 얌전히 처박혀 있으면 좋을 텐데.

하세 형아가 입원했다고 하자 반 남자애들이 환희에 찼다. 물론 하세켄을 향한 쌩까기와 개무시도 여전히 지속된다는 아이러니한 결과가 기다리고 있었다. 거봐라, 내 그럴 줄 알았지, 하고 나는 하세켄의 머저리 같은 표정에 대고 명복을 빌듯 합장했다. 원래 재수가 없을 때는 끝까지 재수가 없는 법이다. 이제 하세켄의 상황은 거친 파도에 휩쓸려 떠내려가면서도 저항도 못하는 느낌이다.

자전거집 아들이라는 이유만으로 내게 하세 형아 자전거에 장난질을 해서 사고가 나게 한 거 아니냐는 시비가 붙었다. 또 누명. 적당히 하라고, 진짜. 그런 짓을 내가 왜 하냐고. 누구에게도 전해지지 않을 말을 마음속으로 소리쳤다.

그 뒤로 일주일 동안 아무것도 변하지 않은 일상이 이어졌다. 괴롭힘을 없애는 게 불가능하다면 자기 자신의 존재를 없애버리면 된다고 생각했다. 이제 완전한 포기에 도달했다. 항복. 이제 싸울 기력도 없다. 참든가 도망치든가 눌 중 하나 말고는 다른 선택지가 없으니 일단은 참아본다. 한계까지 참아본다. 가능한 한 기척을 숨긴다. 그거 말곤 남은 게 없었다.

마유코는 평소처럼 모두에게 짜증나냄새나기분나빠 하고 욕을 뒤집어쓰고, 괴롭힘을 당하고, 가끔은 모습을 감추었다. 나는 청소 시간 이외에는 학교 안을 어슬렁거렸다. 이 학교에 안전한 장소는 없었다. 누구에게도 들키지 않으면서도, 마음을 편안히 놓을 수 있는 장소가 어디 없을까? 마유코는 어디에 몸을 숨기고 있는 걸까? 거기를 찾아내기만 하면 나도 마음 놓고 쉴 수 있을 텐데.

그 뒤로 피난처를 정처 없이 찾아다녔다. 결국 겁쟁이인 나는 교무실과 학생지도실 복도를 왔다 갔다 할뿐이었다. 확실하게 안전하기는 했다. 지나가는 선생님들이 일일이 "무슨 일이니?"하고 물어보기는 하지만 귀찮은 것 말고는 별 문제는 없었다.

힘 좀 쓴다는 '형아 빽'을 잃어버린 하세켄은 수수하게 계속 무시만 당했다. 마치 공기처럼 있는 듯 없는 듯. 하세켄이라는 인간을 모두가 까먹은 모양이었다. 뭐랄까, 하세켄의 쪼그라든 모습을 보니, 기운 내라 자식아, 힘내, 하고 등을 두들겨주고 싶은 기분이 들었다. 너는 애들이 그냥 쌩깔뿐이잖아? 내 꼴에 비하면 넌 그나마 낫지, 하고 말해주고 싶은 충동이 치솟았다. 하지만 그런 짓을 한다고 해서 뭔가가 달라지거나 결과가 좋을 게 없다는 것은 나도 알고 있었다. 게다가 나는 하세켄과 친해지고 싶지 않았다.

여태까지, 누가 그 사진과 주소를 익명 게시판에 올렸는지, 누가 비둘기를 죽여서 내 책상 속에 넣었는지는 밝혀지지 않았다. 사고가 있은 지 고작 한 달이 지났을 뿐인데 벌써 누구 하나 류짱을 화제에 올리는 일이 없어졌다. 아이자와는 벌써 새 남자친구가 생겼다는 소문이다. 아마 상담하는 사이에 서로 눈이 맞았다는 뻔한 패턴이겠지. 그렇게 쉽게 갈아탈 거면 죽은 류는 뭐가 되는 걸까? 확실하게 시간이 흐르고 있었다. 시간이라는 절대적인 것이 우리를 지배하고 있다.

29

5교시, 갑자기 하세켄이 소리를 질러댔다. 뚜껑이 열렸다는 느낌으로 난동을 부렸다. 애들이 계속 쌩까는 게 더 이상 참기 힘들어진 모양이다. 일본사 선생님이 풀 넬슨으로 제압해 교실 밖으로 끌어냈다. 그때 배경음악은 〈다나 다나〉가 아니라 정신병원 구급차가 '삐뽀삐뽀'하는 사이렌 소리였다. 뇌 속에서 무한 반복됐다.

"이러다 무슨 일 나는 거 아냐?"

"에이, 괜찮아. 우리가 뭘 했는데? 쟤 혼자 그런 거지."

분명 너희들은 아무것도 안 했지. 그냥 말 섞기 싫은 놈이랑 말을 안 섞었을 뿐이니까. 그렇지만 그거만큼 사람을 심하게 상처 주는 것도 없다.

하세켄은 바로 조퇴했다. 왠지 모르게 내일부터 더 이상 학교에 안 나올 것 같은 느낌이 들었다. 다들 시선을 내게 돌린다. 너는 어쩔 건데? 하는 느낌으로. 딱히 도망치면 지는 거고 버티면 이긴다는 생각을 하는 게 아니었다. 애초에 왕따라는 정글에 떨어진 사람이 무사히 생존할 확률은 어느 정도일까?

가끔 연예인이 옛날에 왕따 당했어요, 하고 과거사를 공개하곤 하는데, 그건 극히 일부일 뿐인 승자라고 생각한다. 어떤 의미로는 복수 같은 거라서 공중파를 통해 메시지를 보내는 거다. '봐라, 왕따 가해자들아. 이게 지금 내 모습이다.'라는 식으로. 그걸 본 가해자들이 분함을 느낄

지는 다른 문제지만, 적어도 응원을 받고 있다고 느끼는 사람이 있다는 사실은 분명하다. 누군가에게 복수하겠다는 생각이 강력한 원동력이 될 수 있다는 것은 상상이 간다. 그런 꿈이라든가 희망 같은 게 있으면 좋겠지만 나에게는 뭐하나 그런 게 있지가 않다. 눈앞의 목표나 장래에 하고 싶은 일 같은 것이 있지도 않다. 굳이 억지로 하나 들면 '환상속의 영화'를 보고 싶다는 거?

하아, 하고 긴 한숨이 같은 반 녀석들에게서 흘러나왔다. 귀찮은 놈이 한 마리 줄었다는 뜻으로도 읽혔고, 좀 심했나 하는 후회의 뜻으로도 읽혔다.

다음날. 역시 하세켄은 결석했다. 나는 실망했다. 동료를 잃은 느낌에서 오는 고독감이 아니라 그 자식이 개무시 당하는 것을 보는 게 나름 통쾌했기 때문이다. 마유코는 쌩까는 데에 대고 맞불로 쌩까기라는 대담한 기술로 대처했지만, 하세켄은 그 기술을 습득하기 전에 드롭아웃해 버리고 말았다. 끈질기게 같은 반 녀석들에게 말을 걸고, 가끔은 으샤으샤 분위기도 띄워보려고 하고, 다른 애들 관심을 끌어보려고 노력하면서 어떻게든 개무시 배리어를 풀어보려고 분투했지만, 그렇지만, 무리였다.

지업지득.

이 말을 전해주고 싶다.

나는 매일매일 마음의 전압이 낮아지는 것을 느꼈다. 공부를 해도, 부활동을 해도, 토모야에 대해서도, 전부. 육체적인 고통은 근육을 단련하면 어떻게든 버티는 게 가능하겠지만, 정신적인 고통은 어지간해선 지워지지 않는다. 오히려 지잉지잉 열을 내면서 곪아터져 근질근질해진다. 롤러코스터처럼 흐름이 밀려와서 아아— 이젠 다 끝장이구나, 하고 죽음이 지나쳐가는 때도 있고, 또 어떤 때는 조금만 더 참으면 돼, 버텨라, 하고 생각할 때도 있고, 그렇게 어떻게든 살아남고 있었다.

이런저런 짓을 하고 있는 사이 1년 중 가장 싫어하는 시기인 장마철이 찾아왔다. 여자는 동절기 교복인 무거운 남색 세일러복을 벗고 하절기 교복인 흰색 세일러복으로 갈아입는다. 남자는 새카만 차이나 칼라 교복을 벗고, 중간복이라는 복장을 갖춘다.

여름방학 카운트다운을 시작했다. 남아있는 몇 날 며칠, 시계와 달력을 번갈아 바라보며 보내는 하루하루. 놀상대도 없는 중2의 여름방학 따위가 재밌을 거란 기대는 없었지만, 여기서 탈출할 수만 있다면 상관없었다.

토모야네 집에는 일주일에 서너 번 주기로 가고 있다.

할머니는 흔쾌히 맞아들여주시지만 토모야는 대답조차 안 하게 되었다. 예전에는 그래도 어떻게든 대화가 성립했었는데 최근에는 살아있는지 어떤지를 확인하기 위해 문에 귀를 가져다 대고 소리가 나나 확인해야 할 정도가 되었다. 부스럭부스럭, 타닥타닥, 키보드를 두들기는 소리나 게임 컨트롤러 버튼을 누르는 소리만이 토모야와 나를 연결해주는 유일한 끈이었다.

아니, 엄밀히는 연결되어 있지도 않고 일방적일 뿐이지만, 말을 걸면 어느 정도 내 마음이 진정된다. 이런 걸 '일기효과'라고 부른다던가. 대부분은 인터넷이나 텔레비전에서 보고 들은 가십 수준의 내용밖에 이야기하지 않았지만 아예 말을 안 하는 것보다는 나았다. 내 안에 있는 어떤 생각을 입 밖으로 내뱉는 게 좋았다. 들어주는 사람이 있다는 것만으로도 마음이 정화되는 효과가 있었다.

이 일기효과를 알려준 사람은, 내 기억으로는 초등학교 5학년 때 담임 선생님이었다. 막 서른이 되기 전인 여자 선생님인데 당시 우리 눈으로는 완전히 아줌마 같은 느낌이었지만 학부모 사이에서는 젊고 활기 넘치는 의욕적인 선생님이라는 이미지로 평판이 좋았다. 선생님은 우리들에게 매일 일기를 쓰라고 했고 빨간 펜으로 감상을 적어주었다. 지금 생각해보면 일종의 교환일기 같은 것이어서 선생님이 어떤 답장을 적어줄지를 기대하는 부분도 있었다. 쓸 만한 내용이 없을 때는 그날 본 영화 내용을 적은 때도 있었고, 쓸 거리를 만들려고 일부러 이상한 놀이를 고안해서 실천하는 날도 있었다. 우리들은 영화 속에서 힌트를 얻어 새로운 놀이를 창안하는 경우도 있었는데, 그게 아주 즐거웠다. 2학기 도중에 전학이 결정되었을 때, '앞으로도 계속 일기 쓰는 거다?'하고 말하면서 그때까지 쓴 일기장을 직접 건네주었다. 하지만 나는 그 뒤로 하루도 일기 같은 걸 쓴 적이 없다.

부활동을 빠지기 시작했다. 아사즈마 선배가 있을 때는 다들 말을 걸어오지만, 없으면 바로 태도가 바뀐다. 달리면 기분이 좋아지니까 되도록 가는 게 좋을 테지만, 최근에는 달리기를 해도 즐겁지 않다. 하루 온 종일 멍하니 창밖을 바라보기만 하는 날이 이어졌다. 소소한 즐거움이 하나 있다면 청소시간 정도. 차례로 밀려들어오는 쓰레기를 분리수거할 때만이 짜증나고 괴로운 현실을 아주 잠시 잊게 만들어주었다.

30

6월 마지막 월요일, 폭우— 하세켄이 죽었다. 학원에서 돌아오는 길에 도로에 뛰어드는 형태로 죽었다고 한다. 경찰은 사고와 자살 양쪽을 모두 시야에 두고 조사 중이라고 했지만 우리는 모두 똑같은 생각을 했다. 하세켄은 분명 자살했다고.

유서는 발견되지 않았다. 나는 한숨을 돌렸다. 내 탓으로 왕따 당했고, 모두에게 개무시 당해서 자살했다고 적힌 유서라도 나오면 나는 꼼짝없이 궁지에 몰릴 것이다. 계기는 나였을지 몰라도 애초에 나를 괴롭힌 건 하세켄이 먼저인데.

마유코를 보자 턱을 괴고 창밖을 보고 있었다. 늘어진 머리카락 사이로 살짝 미소 짓고 있는 모습이 보였다. 잘됐네, 개자식, 하고 입술이 움직이는 것처럼 보였던 건 내 착각일까? 고인을 욕보이는 짓일지는 몰라도 솔직히 그게 올바른 반응이라는 생각이 들었다. 짜증나는 놈이 이 세상에서 하나 사라졌다. 그렇게 생각한 순간 머릿속은 FPS(First-Person Shooter)게임 화면으로 변했다. 게임 속에서 적이 하나, 죽는다. 반항하는 놈은 다 죽여 버려. 헉, 하고 순간 정신을 차리고는 상상을 긁어내 버린다. 무시무시한 상상이었다. 마유코가 하세켄을 죽여? 말도 안 돼. 하세켄이 마유코를 괴롭힌 건 과거 이야기다. 하세켄은 무시당해서 견디지 못하고 죽은 거다. 같은 편을 들어주는 '형아'라는 강한 힘을 잃어버려서, 든든한 '빽'이 더 이상 방패 노릇을 못하게 되었다. 죽는 것 말고는 방법을 찾지 못했다. 이야기는 그게 다다. 그뿐이다.

하세켄의 장례식에는 안 갔다. 무슨 얼굴로 가야할지도 모르겠고. 솔직히 류짱이 죽었을 때랑 비교해 쇼크도 별로 안 받았다. 슬프지도 않다. 반 애들 중에 장례식장에 안 간 사람은 나랑 마유코 둘뿐이라고 한다. 다들 하세켄의 차갑게 식은 얼굴을 보고 눈물이라도 한 방울 흘리기는 했을까?

반 녀석들은 하세켄의 장례식이 구체적으로 어떻게 진행 되었는가 같은 말은 한 마디도 화제에 올리지 않았다. 그렇다고 해서 반성하는 기색도 안 보였다. 차라리 바로 이어지는 기말고사 쪽이 더 신경 쓰인다는 눈치다. 하세켄이 없어진 덕분에 많은 학생들 성적이 자동적으로 한 단계 올라간다. 나도 그중 한 명이다. 그래서 그게 뭐 어쨌단 말인가?

왜 하세켄은 류짱과 같은 방식으로 자살한 걸까? 그 의문을 떠올린 사람은 나 혼자가 아닌 모양이었다. 모두가 일제히 난리를 피운다. 연쇄자살은 아닐까, 하고 떠벌리는 놈도 있었고, 두 사람이 죽은 교통사고 현장이 서로 가까워서 그 도로가 저주받은 거라고 떠벌리는 멍청이도 있었다.

아냐. 죽은 건 두 사람이 아니야. 세 명이라고. 작년에 히로도 똑같은 식으로 죽었다고. 뭔가 이상하다. 머릿속에 맴도는 것은 마유코의 얼굴과 그동안 내뱉은 온갖 수상한 발언이었다. 마유코가 다시 나타난 뒤로 이상한 사건이 이어지고 있다.

점심시간, 마유코의 뒤를 쫓았다.

도중에 들켜서, 계단 층계참에서 제지당했다.

"따라오지 마."

"하세켄 일, 어떻게 생각해?"

"딱히."

묻고 싶은 것은 그런 게 아닌데.

마유코의 존재는 내 안에서 나날이 짙어져가고 있었다. HB연필로 선과 선을 가늘게 이어서 대강 그려놨을 뿐이었던 마유코의 존재가 3B연필의 진하고 선명한 선으로 윤곽을 따라 그린 양 변화했다.

아무 생각 없이 시선을 아래로 돌리자, 마유코가 들고 있는 낙서투성이 교과서와 공책으로 눈길이 갔다.

"네 부모님은 아셔? 그…… 뭐라고 해야 하나, 학교에서 네가 무슨 짓을 당하고 있는지를?"

"네 부모님은 알아?"

"모를 거 같은데."

"그런 거야."

교과서랑 공책 사이에 투명한 필름으로 싸인 편지지 세트 같은 게 튀어나와 있는 게 보였다. 여자애가 편지를 주고받을 때 사용하는 것이다. 마유코와는 안 어울린다고 생각해서 물어보았다.

"너도 누구한테 편지 쓰거나 해?"

"편지?"

"그거 편지지 세트잖아."

마유코는 "딱히."하고 말하며, 교과서와 공책 사이에 끼워둔 것을 고쳐 끼우려했다. 허둥댄 탓인지 편지지 몇 장이 바닥에 떨어졌다. 나는 그걸 주워들었다.

"아!"

어디서 본 것 같은 기분이 들어 목소리가 튀어나왔다. 그냥 닮은 걸 수도 있고, 같은 걸 다른 여자애가 쓰는 걸 봤던 건지도 모른다. 하지만 분명 위화감이 들었다.

"너, 혹시 아사즈마 선배한테 편지 썼었어?"

마유코는 대답하려 들지 않았다. 하세가와 군단에게 불려간 뒤 옛날 건물에서 얻어터지고 있을 때 아사즈마 선배가 구해준 때를 떠올렸다. 한번 봐볼래, 하고 보여주었던 그 편지. 분명 이름은 적혀있지 않았었다. 나는 또 신발장에 몰래 넣어둔 러브레터 같은 건가 했는데, 어쩌면 마유코가 직접 건넨 건 아닐까?

"혹시 날 구해주려고 아사즈마 선배에게 편지를 준 거야?"

마유코는 내 눈을 순간 바라보고는 고개를 푹 숙이고 "몰라."하고 중얼거렸다. 그건 긍정의 뜻으로 보였다.

"왜?"

"네가 맘대로 죽으면 곤란하거든."

곤란하다니, 나한테 호감을 가지고 있다는 말인가? 설마.

후우, 하고 길게 한숨을 내쉰 나는 마음을 들키지 않으려고 아무렇지도 않은 척했다.

"그게 무슨 말이야?"

"아직, 게임은 안 끝났거든."

라는 말을 남기고 마유코는 계단을 올라간다.

마유코가 무슨 생각을 하는지 도저히 모르겠다. 왜 내일에 관여하거나 도와주거나 하는 거지? 그저 같은 왕따 피해자라는 이유는 아닌 것 같다. 그보다 게임이라니 그건 또 무슨 소리인가. 그 비둘기 사체 사진과 함께 올라온 게시물과 관계가 있는 건가? 마유코가 집요하게 관련된 질문을 던지는 것으로 보아 분명 뭔가 관련이 있기는 한 것 같다. 그렇지만 나로서는 짐작도 안 간다.

무언가 눈앞에서 놓치고 있는 건가? 하나하나 정리해 본다. 등교를 거부하던 마유코가 학교에 오고, 류짱이 사고로 죽고, 토모야가 등교거부를 하고, 내가 갑자기 왕따를 당하고, 비둘기 사체가 발견되고, 하세 형아가 부상으로 입원하고, 하세켄이 죽고.

아니, 좀 이상하다. 하세켄은 그렇다 쳐도 나머지 일은 왕따와는 직접적인 관련이 없었다. 혹시라도 마유코의 목적이 이 학교를 헤집어놓는 거여서 내가 피해를 받을 만한 짓을 꾸몄다고 해도, 이런 성가신 과정을 통해서 무슨 이득을 얻겠다는 걸까.

하세켄의 장례식 다음날, 나를 향한 괴롭힘은 비웃음이 나올 정도로 찌질한 것이었다. '살인자 파트2'라고 책상에 커다랗게 적혀있었다. 모두 자기들이 한 짓에 대해서는 아무 소리도 안하고 모두 내 탓으로 돌리려 하고 있다. 계기야 내가 하세켄이 커닝하는 걸 찌른 것일 수도 있지. 하지만 그 다음에 사람 죽을 때까지 쌩깐 건 너희들이잖아? 하세켄을 궁지에 몰아붙인 거도 너희들 아니야? 질리지도 않고 또 책임전가. 모두 자기만 도망치면 된다고 생각하는 모양이다. '난 아무 짓도 안했어.'라는 말 뒤에 머리만 겨우 숨기고 나 한명을 악당으로 몰아가서 끝내려 하고 있다.

용서 못한다고 생각했다. 그와 동시에 왜 일이 이렇게 돌아가고 있는지 생각했다. 평범하기는 해도 나름 충실했던 내 일상은 이제 돌아오지 않는 걸까? 이야기의 도입부는 도대체 어디였을까 생각해봤지만, 속이 뒤집혀서 머리가 잘 돌아가지 않았다.

그날, 비가 온 탓에 운동장이 엉망이라 부활동이 없었다. 아예 이대로 그만둬 버릴까도 생각했다. 육상 같은 걸 열심히 해봤자 나중에 그걸로 먹고 살 수 있는 것도 아니고. 그럼 육상 말고 하고 싶은 게 뭐냐고 물어보면 대답할

게 없었다. 일단은 육상으로 추천을 받아 고등학교에 가는 것도 방법 중 하나겠지만, 지금은 수험 같은 걸 생각할 처지도 아니고.

정신을 차려보니 몸을 움직이고 있었다. 우산을 쓰고 현관신발장에서 교문까지 전력으로 질주한다. 달리는 건 역시 기분 좋다. 스쿨존을 내달린다.

31

7월에 접어들었다. 집중호우 때문에 홍수로 강이 범람한 날이 있는가하면 땀이 줄줄 흐를 정도로 무더운 날도 있었는데, 도대체 언제 장마철이 끝날지 기상청도 두 손들 정도로 최악의 날씨가 이어졌다.

책상에 비둘기 사체가 들어간 이후로는 벌레 사체가 들어가는 일도 없어졌다. 하지만 학교 안에서 비둘기 사체가 발견되는 사건은 가끔씩 일어났다. 어느새 범인이 나라는 소문이 돌기 시작했다.

왜? 내가 죽여서 내 책상에 넣었다고? 그런 엽기적인 짓을 내가 왜 하는데? 하지만 소문은 신빙성을 따지지도 않고 퍼지기 시작했다. 왕따 당해서 화가난 것을 비둘기를 죽이는 것으로 푸는 거라는 설이 유력했다.

대량의 쓰레기 앞에서 나는 눈물을 흘렸다. 억울하고 분하다. 이것조차 말로 내뱉지 못한다.

문득 하늘을 올려보았다. 그때 시선 너머로 익숙한 사람 실루엣이 보였다. 옥상 펜스의 철망을 손가락으로 얽어서 쥐고 이리저리 시선을 방황하는 마유코의 모습을. 눈을 가늘게 뜨고 다시 한번 본다. 가슴이 묘하게 떨려왔다. 혹시 자살하려는 거 아닐까? 지금 막 펜스를 기어 올라가서 뛰어내리려고 하는 거 아닐까? 그런 생각이 들자마자, 안절부절 못하게 되었다.

나는 서둘러 옥상으로 향했다. 모든 게 이미 늦기 전에 구해야만 한다, 그 생각 하나만을 가지고 전속력으로 뛰쳐나갔다. 계단을 두 계단씩 뛰어오르며 달린다. 이런 때가 아니면 내 다리 힘은 쓸데가 없는 건가 싶어 스스로가 한심해진다. 일반적으로는 허가 없이 옥상에 들어가지 못한다. 뭐, 있으나마나 한 교칙이기는 하다. 오히려 출입금지라고 하면 더욱 흥미가 가는 법이니까.

무거운 옥상 문을 열자 마유코는 실외기 옆으로 이동해 있었다. 스마트폰 위를 검지가 엄청난 속도로 움직인다.

뭐지, 이 위화감은? 다른 여자애라면 그런 느낌이 안 들었을 것이다. 마유코가 문자나 LINE을 보낼 상대방이 누군지 애초에 상상이 안 되었다.

"뭐해?"

"딱히."

슬쩍 나를 보더니 스마트폰을 주머니에 넣었다.

"항상 여기 오는 거야?"

"내 피난처."

"여기가? 바로 들킬 거 같은데?"

"저기가."

마유코는 등 뒤를 가리켰다. 철골 위에 사각으로 된 급수탑이 보인다. 옆에는 사다리가 있다.

"설마, 올라가는 거는 아니지?"

"저기 위로 올라가면 아무도 몰라."

"죽으려는 건 아니지?"

"사람은 얼마나 절망해야 죽을 수 있을까?"

또 이상한 질문을 던진다.

"몰라."

"세계를 부수는 방법 따위 모르는 게 더 좋았을 텐데."

"아, 그거."

그거란, 내가 보고 싶다고 바라는 '환상속의 영화'에 붙은 광고 문구였다.

"너도 그 영화, 보고 싶은 거 맞지?"

"응."

"그거, 복수극이야."

"그래서, 뭐?"

"절망해서 자살을 생각하는 건 인간 말고는 없거든. 벌레도 물고기도 다른 포유류도 전부 그런 감정은 품지 않아."

"……."

"너도 언젠가는 스스로의 죽음에 대해 생각하는 때가 올 거니까."

"정말 뭐가 뭔지 모르겠어. 너는 뭘 하려고 학교에 오는 거야? 네가 학교에 돌아오고 나서부터 류짱이 죽거나, 토모야가 등교를 거부하고, 내가 왕따가 되고, 하세켄 형제가 불행해졌어."

"나비효과."

"뭐?" 나는 고개를 갸웃했다.

"몰라? 그거 다 나비효과였다는 거야."

아주 작은 일이 예상도 못한 큰 현상으로 변화하는 것을 가리키는 말로, 영화 제목으로도 있다. '브라질에서 일어난 나비 한 마리의 날갯짓이 텍사스에 토네이도를 일으킨다.'라는 현상에서 온 말이다.

"지금 너는 네 자신의 존재가 나비의 날갯짓이랑 같다고 말하고 싶은 거야?"

"그리고 너도."

"무슨 소리야? 난 너를 괴롭히거나 하지 않았잖아?"

"그렇지. 너한테 괴롭힘 당한 기억은 없어."

"그럼, 왜?"

추궁하기는 했지만 내가 왜 마유코에게 뭐라고 하는 건지 그 이유는 알 수 없었다. 마유코가 무슨 짓을 했단 말인가? 그저 학교에 와서 왕따를 당할 뿐인데. 그게 지금 일어나고 있는 이런저런 일과 관계가 있다고 증명할 만한 근거는 하나도 없었다.

"너는 다른 사람이 자기처럼 불행하면 좋겠다고 생각하는 거야? 그래서 학교에 나와서 다 헤집어놓는 거야?"

"너, 뭔가 착각하고 있어."

"그럼 네 진짜 목적이 뭔데?"

여기까지 말해놓고, 아무 목적도 없다고는 안 하겠지.

"영화 〈나비효과〉에서 주인공이 과거 일기를 발견하면서 모든 게 바뀌는 거, 알아?"

또 뜬금없이 화제를 전환한다.

분명 그 영화는 주인공이 한때의 약속을 지키지 못해 불행해지고 만 친구의 미래를 구하기 위해 몇 번이고 타임리프 하는 이야기다.

"일기가 어쨌다고?"

내가 묻자, 마유코는 또 "딱히."하고 불쾌한 듯 중얼거렸다.

"저기, 있지, 우리 게임하자."

마유코가 무언가 번뜩인 양 턱을 치켜들고 말했다.

"무슨?"

"내가 학교에 돌아온 진짜 목적을 네가 알아내면 네가 이기는 게임."

"뭐야, 그게?"

"재밌는 것만이 게임은 아냐."

"또 무슨 헛소리야, 진짜."

"네가 이기면, 네가 말하는 소원을 하나 들어줄게."

"지면?"

"그땐 내가 말하는 소원 하나를 들어주면 돼."

"힌트 같은 거는 주는 거야?"

"그럼 날 잘 관찰해 보던가."

그때 한층 강한 바람이 불어 마유코가 두 손으로 머리를 붙잡듯 웅크렸다.

"괜찮아?"

이럴 때 뭐라 말을 걸어야 좋을까? 비뚤어지지는 않았어? 하고 묻는 것도 좀 아닌 것 같고.

마유코는 괜찮다고 중얼거리며 슥 일어나 발걸음을 서둘러 사라졌다. 알 수 있는 것이 아무것도 없어서 머릿속이 심하게 혼란스러웠다. 정리해 보려고 해도 마유코가 어디에 어떻게 관련이 있는지, 뭘 하려고 하는 건지, 그리고 내가 어떻게 얽혀있는 건지, 문제가 차례차례 부상해서 더욱 혼란스럽기만 했다.

소원을 하나 들어줄게, 라고 말한 것도 곤란하다. 소원의 허용범위가 어디까지인지도 모르는데다가 안다고 해도 뭘 요구하면 좋단 말인가? 나를 좋아해주면 안되겠냐는 부탁이라도 해야 할까.

32

방과 후. 마유코를 미행하기로 했다. 켕기는 일은 없다.

'잘 관찰해 보던가.'하고 말한 건 저쪽이니까. 내가 알아차렸으면 하는 게 있으니까 그렇게 말한 게 분명했다.

마유코는 교문을 나서자 자택과는 정반대 방향인 A초학군 쪽으로 걸어갔다. 그 뒤를 황급히 쫓는다. 일단 천원 숍에서 문구류를 고르다가 아무것도 안 사고 나왔다. 다음엔 서점에 들러 선 채로 잡지를 몇 권 훑어보더니, 편의점에서 소켄비차*를 사서 마시고, 다시 걸음을 뗐다. 히가시 공원 앞에서 한 번 멈추었다가, 주변을 둘러보고는 그대로 운동장 바깥쪽 육상트랙 코스로 들어갔다.

갑자기 회색의 무리를 찢을 듯이 맹렬한 스피드로 뚫고 지나간다. 비둘기들이 파닥파닥 활개치며 흩어졌다. 마유코는 빙글 한 바퀴 돌더니 다시 생겨난 회색 무리를 향해 달렸다. 몇 번 반복하는 사이 비둘기는 모두 사라지고 말았다. 아이들이 재미로 장난치는 것과는 다르게 무념무상의 경지에 들어가는 의식을 행하는 것처럼 보여서 살짝 소름끼쳤다.

마유코는 만족한 것인지 멈춰 서서 뒤를 천천히 돌아보았다. 나는 순간 나무그늘 뒤로 숨었다. 마유코는 다시 앞을 향하고는 바깥쪽 육상트랙 코스를 벗어나 풀숲 속으로

---

* 8가지 일본산 원재료(삼백초, 율무, 치커리, 발아현미, 어린보리잎, 보이차, 쌀, 보리)로 만든 혼합차

파묻히듯 저벅저벅 들어간다. 이미 미행을 알아차리고 따돌리려고 하는 것처럼 느껴졌지만, 일단은 쫓는다. 소리를 내지 않도록 주의하며 뒤를 쫓는 일은 어렵다. 몇 미터 나아간 언저리에서 놓치고 말았다.

이곳 히가시 공원은 부지가 넓고 몇 개의 구역으로 나뉘어있었다. 서쪽부터 애슬레틱(athletic)* 광장, 그 옆에 시립 수영장, 그리고 테니스 코트, 운동장으로 이어진다. 주변에는 나무가 울창하게 자라고 있고 그 너머로는 선로가 있었다.

시계탑 바늘은 12시를 가리킨 채로 멈추어있었다. 스마트폰으로 시간을 확인해보니 17시 반을 막 넘은 참이었다. 이 시간대에는 애슬레틱 광장에서 노는 아이들의 모습도 안 보인다. 조깅하는 사람 몇 명이 운동장 바깥쪽 육상트랙 코스를 돌고 있는 정도다.

저녁놀이 나뭇잎 사이로 비쳐와 눈부셨다. 운동장 밖을 가볍게 뛰어보기로 했다. 아스팔트를 차는 감촉이 종아리로 전해져온다. 역시 나는 육상을 좋아하긴 좋아하는구나, 새삼 확인했다.

바깥쪽 육상트랙 코스를 3분의 2정도 지났을 쯤, 딱 수

---

* 일본에서 군대의 유격훈련 시설이나 정글짐 등과 유사한 운동용 체육시설을 이르는 말.

영장 슬라이드 뒤쪽 방향에서 팡—팡— 하고 공 튀기는 소리가 들렸다. 벽에다 공을 던지는 소리다. 주변을 둘러보아도 인기척이 없다. 이 코스가 아닌가보다. 괜히 신경 쓰여서 슬라이드 쪽으로 가보니 하얀 반팔 셔츠에 체크무늬 바지를 입은 남학생 모습이 보였다. 고등학생일까? 이 주변에서는 못 보던 교복이다. 축구 연습을 하는 모양이다. 얼굴은 본 적이 있는 것 같기도 하고 아닌 것 같기도 해서 잘 모르겠다. 리프팅을 잘한다. 움직임이 멈췄다. 땀을 닦고 다시 공을 찬다.

소문에 이 수영장은 매년 이용객이 줄어들고 있다고 한다. 나도 초등학생 때 이후로는 사용한 적이 없다. 현재 유아용 수영장과 25미터 수영장은 사용되고 있으나 슬라이드는 몇 년 전부터 노후화가 심해져 이용금지가 되어버렸다. 몇 번이고 덧바른 페인트는 벗겨져 떨어지고 쇠로 된 부분도 녹슬어 흑갈색으로 변색되었다. 난간 부분에는 비둘기 똥이 잔뜩 떨어져 더러웠다. 슬라이드 층계참은 이미 비둘기 둥지가 된 지 오래인 모양이다.

남학생에게 시선을 돌린다. 그는 막 슬라이드 쪽으로 공을 차고 있었다. 파파파팍 하는 소리를 내며 나무 사이에서 비둘기들이 날아오르는 게 보였다. 남학생은 혀를 차고는 나뭇가지 사이에 낀 축구공을 차서 떨어뜨렸다. 오리지널 연습법인 모양이다. 발아래에는 공이 세 개 늘어서있다.

그 다음 순간 나는 놀라서 눈을 번쩍 떴다. 남학생이 사냥이라도 하는 양 비둘기를 향해 공을 찬 것이다. 두 번째, 세 번째 공도 바로 발사한다. 하지만 그렇게 쉽게 맞지는 않는다.

한참동안 보고 있자니 어느새 맞춰라 하고 응원하는 나 자신을 발견했다. 흥분하면서 그 모습을 지켜본다. 나도 모르게 주먹에 힘이 들어간다.

어느 정도 지났을까? 남학생도 지쳤는지 터덜터덜 바깥쪽 육상트랙 코스 쪽으로 걸어왔다. 천천히 나이키 짐색(gym sack)으로 손을 뻗어 빵을 꺼내 비닐을 찢고 빵을 뜯어다 주변에 뿌리기 시작했다. 아예 더욱 잘게 뜯어 빵을 뿌린다. 순식간에 비둘기가 모였다. 남학생이 비틀비틀 비둘기들이 밀집한 곳으로 향한다. 빵 부스러기가 가득한 손바닥을 펼치자, 한 마리 씩, 두 마리 씩 비둘기가 나타나 어깨에 올라온다. 마치 〈나홀로 집에2〉에 나오는 비둘기 아주머니 같은 상태였다. 아니, 알프레드 히치콕의 〈새〉가 더 적절하려나?

이상한 놈이네, 하는 생각이 들어 집에 가려고 하던 참이었다. 그 어깨에 앉은 비둘기를 붙잡더니 짐색으로 쑤셔 넣었다. 그리고 괴성을 지르며 발을 휘둘렀다. 발차기. 회색 덩어리를 한 방, 두 방. 다른 비둘기들은 위험을 느끼고 파닥파닥 소리를 내며 날아간다. 남학생은 무표정하게 그런 짓을 하고 있어서, 장난으로 즐기고 있는 것인지 아니면 갑자기 불쑥 튀어나온 충동으로 그런 짓을 하는 것인지, 판단이 서지 않았다. 무자비하게 짐색을 짓밟더니 이어서 걷어차 날려 버리고는 드리블이라도 하듯 풀숲이 울창한 안쪽으로 들어갔다.

비둘기는 이미 죽어있다. 이 사실만은 명백했다. 헉. 교실에서 있었던 일이 떠올라 속이 뒤집혀 토할 것 같다. 저 녀석이 내 책상 속에 죽은 비둘기를 넣은 범인인가?

완전히 맛이 간 미친 변태 또라이 새끼였다. 괜히 얽히면 안 된다고 머릿속에서 재난문자가 울린다. 호기심보다 공포가 더 컸다.

나는 아무것도 못 봤어, 하고 스스로에게 말하며 그 자리를 피하려고 했다.

바깥쪽 육상트랙 코스로 돌아와 전력질주로 대시해 출구로 향했다. 그 앞에서 마유코의 모습을 발견하고 나도 모르게 헉! 하고 소리를 질렀다.

"뭐, 뭐하는 거야?"

"너야말로 이런 데서 뭐하는 건데?"

마유코가 수상해하며 묻는다.

"조깅."

"교복 입고?"

마유코가 나를 노려본다.

"딱히 상관없잖아."

"봤지?"

난 안다. 지금 마유코가 내게 뭘 물어보고 있는지를. 하
지만 시치미를 뗀다.

"뭘? 무슨 말을 하는 건지……."

"봤잖아, 맞지?"

"아니……."

"봤으면 제대로 물어봐야지. 뭐 하고 계십니까, 하고."

"어떻게 물어봐?"

"저 사람은 비둘기를 마구 걷어차서 죽였어."

"네가 그걸 어떻게 알아?"

"계속 보고 있었으니까."

그 순간 교실에서 있었던 일이나, 쓰레기 분리수거장에

서 이야기한 일을 떠올렸다. 같은 반 녀석들은 내 책상 속에서 비둘기가 나왔을 때 처음 보는 것처럼 깜짝 놀랐다. 한편 마유코는 아무렇지도 않은 얼굴로 비둘기를 잡아 교실을 나갔다. 갑자기 튀어나온 행동이라기엔 너무 자연스러웠다고 해야 할지, 익숙했다고 생각한다.

"혹시, 비둘기를 내 책상 속에 넣은 게 너야?"

"응."

"그럼 학교에서 발견된 다른 비둘기도?"

"내가 놨어."

"그 게시판 글이랑 사진도?"

"맞아."

"왜?"

"하지만 내가 죽인 건 아닌데."

"말 돌리지 말고 제대로 대답해."

"저 사람 있지, 머리가 이상하거든. 위험인물."

"굳이 설명 안 들어도 보면 나도 알아. 내가 지금 묻는 건 그게 아니라……."

내가 하는 말을 막으려는 듯 마유코가 말을 늘어놓는다.

"저 사람 말이지, 이 동네에서는 유명한 축구선수였어. 추천까지 받아서 강호 축구팀이 있는 학교에 입학했는데,

막상 가서 해보니까 전혀 안 먹히는 거야. 시골 중학교에서는 최고였을지 몰라도 고등학교에 가니까 더 잘하는 사람이 잔뜩 있었다. 인생 최초의 좌절이라는 거지. 그래서 예전보다 더 노력했어. 아침부터 밤까지 연습, 또 연습으로 절여진 하루하루를 보냈지. 하지만 말이야, 재능이 꽃피는 것보다 먼저 몸이 좌절해버린 거야."

"무리를 했구나."

"아니, 자전거 사고. 목숨에는 지장이 없었는데, 축구선수에게는 치명적인 부상이었어. 자전가 브레이크가 고장났었다나?"

"그건 안타깝네."

"하지만 말이야, 그래서 오히려 잘됐던 거지. 재능이 없다는 사실을 깨닫는 것보다 부상 때문에 그만두는 게 훨씬 마음의 상처가 덜하잖아?"

"그거랑 비둘기 죽이는 거랑 무슨 상관인데?"

"인생에 절망한 인간은 무슨 짓을 할지 모르는 거야."

"됐고, 신고나 해. 저렇게 위험한 사람을 그냥 방치하면 위험하잖아."

"저 사람은 아직 미성년자. 잡혀도 바로 풀려나와. 그럼 또 악몽이 반복되지."

"그럴지도 모르지만."

"저 사람이 비둘기를 죽이는 짓을 못하게 하면 어떻게 된다고 생각해?"

"글쎄."

"그게 더 무서워. 광기가 어디로 향할지 모르니까."

"그렇다고 해서 이대로 둘 수도 없는 거 아니야?"

"왜 유해조류는 죽이면 안 되는데 해충은 죽여도 되는 거야?"

"뭐?"

"왜라고 생각해?"

또 나왔다, 질문을 질문으로 받아치는 마유코의 특기.

"그렇게 하기로 한 거니까 어쩔 수 없잖아."

포기하고 대답했다.

"저 사람, 망가져 버려서 이제 아무도 못 말려."

"넌 왜 내 책상 속에 비둘기를 넣은 거야? 저 녀석이 저지르는 범행을 막아달라는 뜻이야?"

"아니야."

"그럼 도대체 뭔데?"

"아직도 기억이 안 나나 보네."

"뭐를?"

"모든 건 다 네가 시작한 〈게임〉이거든?"

그렇게 말한 마유코는 몸을 돌려 사라졌다.

33

집에 도착하고 보니 웬일인지 아빠가 먼저 와있었다. 캔 맥주를 마시며 자동차 잡지를 읽고 있다.

"잇페이 왔냐."

"아, 응. 오늘은 일찍 왔네?"

"영감쟁이랑 싸워가지고."

"또? 엄마는?"

"2층에서 DVD본다."

"누나는?"

"친구 집에서 공부하고 온대."

뻔하지. 남자친구 집이겠지.

"다들 좋겠다, 진짜. 하고 싶은 거 좋아하는 거 다 있으니까."

"넌 꿈이나 그런 거 없냐?"

부끄러울 정도로 돌직구 질문을 받아 당황했다.

"아직 없어."

실은 지금 그럴 때가 아니야, 라고 말하고 싶었다. 혹시 꿈이 있다 해도 지금은 다른 사람에게 말하지 못할 것 같다는 기분이 들었다.

"얼른 찾아라."

"응."

적당히 둘러댔다 생각하기는 했는데 갑자기 마음이 쓸쓸해졌다. 너한테는 아무것도 없다고 낙인이 찍힌 기분이 들어서 외톨이가 되어 어디 뚝 떨어져 고립 된 기분이 들었다.

나는 뭐 하러 지금 이날까지 살아온 걸까? 수험을 위해서? 아니면 육상을 위해서? 이유를 붙이자면 그런 것들도 예가 될 수 있겠지만, 그게 살아야 할 진정한 이유는 아니라는 느낌이 들었다. 해야만 하는 일과 하지 않으면 안 되는 일은 다르다.

내 방으로 돌아와 빌려온 DVD를 뒤적거렸다. 토모야가 학교에 나오지 않은 이후로는, 영화관 앞을 지나가기만 할뿐 안에 들어가지는 않게 되었다. 최근에는 아예 츠타야 단골이다. 그래도 혼자서 영화를 보면 뭔가 부족했다. 영화를 본 감상을 이러쿵저러쿵 서로 떠들만한 친구가 없으면 기껏 본 명작도 전혀 마음에 남지 않는다.

집에 있기 싫어서 밖으로 나왔다. 뜨뜻미지근한 바람이 분다. 자전거에 올라타 편의점으로 향했다. 만화 잡지를 죽 둘러보며 훑어본 뒤 이번에는 새로 나온 디저트를 구경한다. 무슨 일을 해도 재미없다. 의욕이 안 난다.

콜라를 사서 밖으로 나와 보니 자전거가 없어졌다. 열쇠로 잠가두었는데? 주변을 둘러본다. 가게 뒤로 돌아가 보니 남자 셋이 내 자전거를 둘러싸고 있었다. 무슨 짓을 하고 있는지는 뒷모습이라 잘 안 보인다. 천천히 다가간다.

"야." 남자가 뒤돌아보았다.

말을 건 사람은 하필이면 하세켄의 '형아'였다.

뭐, 벌써 퇴원했어?

"아, 안녕하세요."

하고 말한 나는 뒷걸음질을 쳤다. 안 튀면 죽는다, 직감적으로 느꼈다. 달리기에는 자신 있다. 이 녀석들을 따돌리는 건 간단하다. 바로 내달렸다. 하지만 생각이 짧았다. 놈들은 자전거로 추적해왔다. 나는 스프린터, 단거리 선수다. 장거리에는 약하다. 끈질기게 쫓아오면 내게는 승산이 없다. 뭐가 어떻게 된 노릇인지 알 수가 없어서 집이랑은 다른 엉뚱한 방향으로 달리고 말았다. 외길인 도로를 정신없이 달린다. 도망칠 곳이 없어 점점 속도가 떨어져 간다. 으아악, 하고 힘이 빠져 땅에 손을 짚으며 바닥에 쓰러졌다.

"오케이, 거기까지."

하세 형아는 티셔츠 멱살을 잡아 나를 바닥에 패대기쳤다.

"죄송합니다. 죄송합니다."

"뭐가 죄송해? 너 뭐했냐?"

"아뇨. 저는 아무것도 몰라요."

하고 말하자, 따라와, 하고 강가로 끌려갔다. 세 명의 발차기가 몇 번이나 배에 명중했다. 이제 다 끝났다. 이제 죽는구나. 몸 안이 뜨겁고 귀가 울린다. 손발이 마비되어 움직이지 않는다.

"왜, 나만. 왜, 나만!"

울면서 소리 지른다. 아무도 도와주지 않는다. 슬프고 분하고 한심했다.

"딱히 켄타로 복수하려고 패는 거는 아니야, 새끼야."

"그럼, 왜 이러시는데요!"

"우리가 하는 짓에 일일이 이유 따위 안 붙여."

이제는 서 있지도 못하겠다. 얻어맞고, 걷어차인다. 어금니를 꽉 깨문다. 또 다시 얻어맞는다. 팔이 부러져도 좋다. 본능적으로 팔을 들어 '커버'친다. 머리와 얼굴을 겨우 감싸는데 필사적이었다. 점점 의식이 몽롱해진다.

얼마나 지났을까. 눈을 떠보니 아무도 없었다. 주변은 깜깜하고 전철 라이트가 강의 수면을 비춘다.

통증이 가라앉지를 않는다. 팔을 잡고 다리를 질질 끌면서 집으로 돌아갔다. 다행히 모두 자기 방에 틀어박혀 있어서 들키지는 않았다. 창문에 비친 내 얼굴을 보고 소름이 끼쳤다. 컴컴한데도 입술이 부어오른 게 보였다.

34

다음날, 나는 결국 학교를 쉬었다. 엄마에게는 감기에 걸려서 열이 난다고만 둘러댔는데, 아무렇지도 않게 결석을 허락해줬다. 심심했는지 아니면 기분이 좋았는지 웬일로 나를 챙겨주고 신경써주려는 엄마한테는 미안하지만 다친 얼굴을 보이고 싶지 않아서 차갑게 대하고 말았다. 수건을 뒤집어쓰고 얼굴을 가린다.

화장실을 가려고 복도로 나오니 문 앞에 요구르트랑 죽

이랑 잘라놓은 망고가 놓여있었다. 꾀병도 가끔은 나쁘지 않네, 하고 생각했다.

밀린 드라마를 하나하나 정주행 했다. 몸은 아프지만 아주 잠시 동안 괴로움을 잊을 수 있었다. 이대로 계속 은둔형 외톨이로 살까 하는 생각도 했다. 아무도 방해하지 않는 이 공간에서만 마음을 놓을 수 있다. 기분이 좋아져서 그대로 잠들어 버렸다.

며칠이나 계속 잠들어 있었던 것 같은 기분이 들었는데, 스마트폰으로 시간을 확인해보니 밤 9시였다. 문득 토모야 얼굴이 떠오른다. 천장을 올려다본다. 그 자식, 이대로 쭉 방에서 안 나올 생각인 걸까? 내가 왕따 당하고 있는 사실을 아무한테도 상담하지 못하는 것과 마찬가지로, 토모야도 실은 무언가에 겁을 먹고 있는 걸지도 모른다. 말 못할 이유가 분명 있다. 그걸 어떻게든 없애줘야만 말을 하기 시작할 게 확실하다.

침대에서 일어난다. 지금이라면 이야기가 통할지 모른다는 느낌이 들었다. 그 자식 기분도 다 받아줄 수 있을 것 같은 느낌이 들었다. 몸은 아직 아프지만, 어찌어찌 평범한 동작은 가능하다. 가자.

자전거는 어제 편의점에 두고 왔다. 아니, 이제 그 새끼들이 다 때려 부수거나 개조했겠지, 분명. 할 수 없이 걸어가기로 했다.

유메노오카를 나와 단지 한가운데를 가로질러 토모야네 집으로 향한다. 류짱네 집은 방에 전기가 들어와 있었다. 할아버지 간호 문제로 부모님이 싸우고 있다는 소문이 돌기는 했는데 그 뒤로 어떻게 되었을까? 집에 켜진 불 하나하나에는 각각의 문제나 고민이 얽혀있고 그 안에서 모두가 지금 이 순간을 살고 있다고 생각하니, 뭐랄까, 나 스스로가 지금 어디에 서 있는지, 앞으로 어디를 향하면 좋을지, 잘 모르게 되었다. 이건 물리적으로 그렇다기보다는 정신적으로 그런 것인데, 다리가 순간적으로 허공에 붕 뜬 것 같은 착각이 들었다.

초인종을 울리자 토모야네 아줌마가 나왔다. 아줌마는 내 얼굴을 보자마자 비명을 지르며 어쩌다 그리됐니? 하고 물어봤다. 계단에서 굴렀다고 거짓말했다. 괜찮니? 하고 걱정해주는 건 고맙지만, 가장 걱정할 사람은 지금 내가 아니라 토모야 아닐까?

"전 괜찮아요. 토모야는요?"

"토모는 요즘 밥도 잘 안 먹어."

"들어가도 괜찮을까요?"

아줌마는 아저씨랑 같이 무나 가지, 쌀 작업을 하고 있었다. 놀러 올 때마다 출하하기 어려운 찌그러진 모습을 한 야채를 나눠주시곤 했다. 그걸 가지고 집에 가면 엄마는 좀 민폐라는 표정을 짓는다. 답례하기가 귀찮아서 그런 건지 요리하기가 귀찮아서 그런 건지는 나로서는 알 수 없었지만 기껏 받았는데 그 불량한 태도는 뭐야 하고 항상 생각한다.

아줌마는 언제나 세상 모든 아줌마를 대표하는 듯한 모습을 하고 있는데, 여성스러운 부분이 일절 없고 본인도 관심이 없는 타입인 사람이라 딱 보기에도 1960-70년대 괄괄한 여장부 스타일인 아줌마였다. 기미가 잔뜩 난 얼굴에 좋게 말해 풍만한 체형, 마트에서 사온 츄리닝을 입고 있었다. 하지만 나는 아줌마의 '아줌마'스러운 그런 점이 좋았다.

"토모야-! 잇페이 놀러왔다-!"

2층을 향해 아줌마가 외친다. 역시 대답은 없다. 나는 천천히 계단을 밟으며 올라간다. 오늘에야 말로 나와 달라고 빌면서 두 번 노크했다.

"토모야, 부탁이다. 문 좀 열어 봐. 중요한 이야기 할 게 있어. 난 오늘 너랑 꼭 이야기를 해야겠어. 안 그러면 난

이제 뭘 어떻게 해야 좋을지 모르겠어……."

찰칵찰칵, 하고 리드미컬한 소리를 내던 컨트롤러 소리가 뚝 끊겼다. 그러고 나서 얼마나 기다렸을까? 문 너머로 오랜만에 토모야의 목소리가 들려왔다.

"뭔데."

"좀 어때?"

"글쎄."

"하세켄이 죽었어."

"알아. 엄마한테 들었어."

"아, 그래."

크게 한 번 심호흡한 뒤 이야기를 시작했다.

"나 지금 반에서 왕따 당하고 있어."

드디어 내 입으로 왕따 당하고 있다는 사실을 입에 올렸다.

"쌩까기로 시작하더니 최근에는 폭력도 장난으로 끝날 수준을 넘어서 당하고 있어. 솔직히 괴로워. 토모야, 학교에 와주면 안 되냐? 도와달라고는 안 할게. 하지만 네가 곁에 있어주기만 하면 어떻게든 버틸 수 있을 것 같아. 그러니까 제발."

"미안. 나, 밖에 못 나가."

토모야 목소리에는 억양이나 감정이 깃들어있지 않아 로봇처럼 들렸다.

"류짱 사고가 쇼크였다는 건 알아. 하지만 언제까지 이렇게 있을 수는 없잖아."

"잇페이 널 도와주고는 싶어. 하지만 난 여기서 나가고 싶어도 못 나가."

"왜 그러는 건데?"

"류짱은 사고로 죽은 게 아니야."

토모야는 약간 흥분했다.

"하지만 유서도 없었는데."

"잇페이. 그게 아니야."

"그게 아니라니, 뭐가?"

"나, 들었단 말이야."

분명 사고 직후에도 그런 말을 했었다.

"뭐를?"

"류짱 목소리."

"마지막 유언?"

"우왁! 하는 다급한 목소리였어. 분명 갑자기 떠밀린 것 같은, 깜짝 놀란 목소리."

"설마."

"여태까지는 무서워서 아무한테도 말 안했어. 그때는 제정신이 아니어서 경찰한테도 제대로 말을 못 했어. 하지만 몇 번이고 그때의 일이 꿈에 나와. 류짱이 도로에 떠밀리는 순간의 목소리가."

"뭐야 그게……. 그렇지만 만약 그렇다고 쳐도 토모야 네 잘못은 아니지 않아? 네가 굳이 그렇게 책임감을 느낄 필요는 없을 것 같은데."

"잇페이. 사람이 살해당하는 상황을 마주한다는 게 어떤 기분인지 알아? 그것도 갑자기? 보이지 않는 것이 보이는 것보다 더 무섭다고 하잖아. 난 지금 진짜 무섭다고. 류짱이 죽은 원인이 요네이시 히로의 원혼일지도 모르잖아."

"무슨 말 같지도 않은 소릴 하는 거야."

"살의가 없어도 사람은 죽일 수 있어."

토모야의 목소리는 아까부터 계속 떨리고 있다.

"뭐라고?"

"아마 하세켄도 사고사가 아닐걸? 둘 다 살해당한 거야."

순간 말이 안 나왔다.

"누구한테?"

"아니, 그건 모르지만······."

"역시 히로가 왕따 당했던 거랑 관련이 있는 거 아니야?"

"누가 그랬어?"

"여자애들이 그랬어. 솔직히 걔네 좀 선을 넘기는 했다고."

"확실히 히로는 놀림 받는 캐릭터기는 했지. 걔네들이 위고 나랑 히로가 아래라는 느낌은 항상 있었으니까. 나는 히로를 방패삼아 뒤에 숨어서 그래도 좀 괜찮았지만. 그래도 언젠가 내가 히로 입장이 될지도 모른다는 무서운 느낌이 드는 건 항상 있었어."

"그걸 바로, 왕따라고 부르지 않아?"

"으······ 응."

"류짱이랑 하세켄이 살해당했다고 생각하는 근거는 뭐야?"

"나랑 히로, 그리고 류짱하고 하세켄은 1학년 때 같은 탁구부였어. 히로가 사고로 죽은 다음에는 다들 그만뒀지만."

"응."

"처음에는 사이가 좋았어. 같은 B초 출신에 같은 반에

같은 부활동. 매일 같이 집에 가는 게 재미있었어. 하지만 상황이 바로 바뀌었어. 체육 시간에 축구를 하면 확실한 패스를 못 받아서 득점 찬스를 놓치고, 농구를 하면 기적적으로 자살골을 넣고, 운동회에서 계주 할 때는 배턴을 떨어뜨리고. 히로는 지금이다 싶은 순간에 항상 긴장해서 실력발휘를 못하고 실패하는 바람에 빈축을 사는 경우가 자주 있었어, 반 애들 전체한테. 극도로 긴장하면 가랑이 사이를 꾹 붙잡는 버릇도 바보취급 당하고 그랬어. 하세켄이 성인 '요네이시(よねいし)'를 가지고 말장난으로 '요와무시(よわむし)'[1]라고 부르기 시작했어. 히로는 항상 웃으니까 괴롭혀도, 왕따를 시켜도, 화내는 법이 없었어. 그걸 웃음으로 승화시킬 만큼 임기응변 능력도 있었고."

"그런데 어쩌다가?"

"탁구 시합이 있었는데, 히로랑 페어를 짜면 무조건 지는 거야. 그것도 계속. 그래서 하세켄이랑 류짱이 히로를 '가이추'라고 부르기 시작한 거야."

"가이추? 해충(害蟲)[2] 말하는 거야?"

"응."

"너무하네."

---

1 나약자, 겁쟁이라는 뜻. 한자로 '약한 벌레(弱虫)'라고 쓴다.
2 일본어 발음으로 '가이추'라고 읽는다.

마유코 얼굴이 떠오른다. 일부러 비둘기 사체 사진을 첨부해서 이상한 퀴즈 같은 게시물을 올린 것도 이 사실에 다다르도록 하기 위해서였나? 그러고 보니 '왜 유해조류는 죽이면 안 되는데 해충은 죽여도 괜찮을까?'하고 말했었다.

—마음대로 죽여도 죄가 되지 않는 것, '해충'.

"쿠자이 마유코랑 히로는 어떤 느낌이었어?"

"쿠자이? 어떤 느낌?"

"예를 들면 얼마나 친했는지 그런 거."

"글쎄. 둘이 말하는 모습을 본 적이 없는데."

"그래도 히로가 사고를 당한 다음 쿠자이가 학교에 안 나오게 된 거 아냐?"

"여자애들 일은 나도 잘 몰라."

"그럼 말이야, 1학년 때 하세켄이 쿠자이 마유코를 왕따 시킨 거는 진짜야? 머리끄덩이 틀어잡고 질질 끌고 다녔다던데."

"에이, 그건 아니다."

"뭐? 하지만 본인이 본인 입으로 그랬다고. 그거 때문에 걔 머리가……."

"하세켄은 입만 살았지. 여자한테 폭력을 휘두르지는

않아. 물론 남자한테도."

마유코는 왜 나한테 거짓말을 한 걸까?

"자살이 아니라고 한다면, 왜 타살이라고 생각하는 거야?"

"그때쯤 우리끼리 유행해서 자주 하던 게임이 있었거든."

"게임?"

"왜 있잖아, 초딩 때 유행한 놀이. 달리는 차 앞에 갑자기 뛰어 들어가서 어른을 깜짝 놀라게 하는 장난."

"아. 〈치킨 게임〉? 그거 선생님한테 혼나서 금지되지 않았어?"

기억은 나지만 내 기억과 조금 다른 모양이다.

"그날도 치킨 게임을 하자고 약속했었어. 나랑 하세켄이랑 류짱이랑 히로랑 넷이서. 그런데 나는 선생님 심부름을 하느라 늦게 가고 말았어. 달려가서 도착했을 때 히로는 이미……."

"그러면 사고잖아?"

"아니……. 내가 제대로 시간 맞춰서 갔으면 히로는 안 죽었을지도 몰라."

"토모야! 너는 잘못 한 거 없다니까!" 소리 지른다.

말은 그렇게 했는데, 아무래도 뭔가 찜찜하다. 결국 자살은 아니었고 살해당했다는 근거는 어디에도 없다. 히로의 원혼이라니, 말도 안 되지. 다만 마유코는 무언가를 알고 있는 게 분명하다. 틀림없다.

"이제 다 상관없어. 부탁이다, 제발 나와 주라. 토모야 네 기분, 나는 이해하니까. 다들 겁쟁이에 찌질이야. 그걸 나쁘다고 생각할 필요는 없어. 약하니까 강해지고 싶다고 생각하는 거고. 그럼 된 거 아니냐? 나한테는 토모야 네가 필요하다고."

의식의 흐름대로 마구 떠들었다. 더 이상 기회가 없는 양.

얼마나 기다렸을까? 토모야가 겨우 방문을 열었다.

토모야는 예전보다 훨씬 말랐고 눈 밑에 연한 다크서클이 생겨나있었다.

"야, 오랜만이다."

나는 오른손 주먹을 들어올린다.

"얼굴이 그게 뭐냐?"

토모야가 있는 힘껏 내 주먹에 주먹을 부딪쳐 왔다.

"학교, 같이 가자."

"오케이."

서서히 토모야의 눈에 혼이 깃들기 시작했다. 그리고 토모야는 한마디, 내게 미안하다고 중얼거리고 고개를 숙였다. 그것은 여태까지 친구로서 도와주지 못한 일을 부끄러워하는 듯한 말투였다. 나는 넘쳐흐르는 눈물을 멈추지 못했다.

　한동안 남 눈치 안 보고 실컷 울고 또 울었다. 그동안 참아온 게 넘쳐흘렀고, 토모야가 모두 다 받아주었다. 너무나 기분이 좋았다. 내가 기댈 곳은 역시 여기라고 새삼 느꼈다. 토모야가 있어서 정말 다행이다.

　한참을 울고 난 뒤, 진정되는 걸 기다렸다는 듯이 복도에서 아줌마의 목소리가 들려왔다.

　"수박 먹으러 내려와라."

　아줌마는 싱크대를 향해 "미안하구나, 차갑게 하는 걸 잊어버렸네."하고 웃으며 말했지만, 아마 울고 계셨을 거라고 생각한다. 울음 섞인 목소리를 지우려고 싱크대 물을 철벅철벅 튀긴다. 나랑 토모야는 모른 척 수박을 크게 한 입 베어 물었다. 그때 그 뜨뜻미지근한 수박 맛을 나는 평생 못 잊을 것이다.

　다음날 아침, 우리는 류짱이 사고를 당한 장소에서 만났다. 육상부 아침 연습을 계속 쉬었다. 3학년 선배들이 빡빡하게 대하기 때문이다. 나한테만 무리한 훈련을 강요한다. 그렇게 무리한 훈련메뉴를 끝내지 못해서 지각하는 사태가 일어날 정도였다. 그걸 보고 재미있어하는 선배들한테 질려버려서 안 갔다.

　류짱이 죽은 지 2개월이 지났는데도 사고현장에는 아직도 많은 꽃다발이 놓여있었다. 일방통행 도로에서 2차선 국도와 겹치는 교차로에 신호가 없는 횡단보도가 있다. 낮에는 그렇게 많지 않은데 아침과 저녁때는 차가 많이 다닌다. 인도에서는 지나가는 차가 잘 보이지만 운전하는 사람은 인도 쪽이 가로수에 가려서 잘 안 보인다고 한다. 그 길을 쭉 걸어가면 B초등학교가 보이기 시작한다. 우리 앞에서 합장하는 노부부의 모습이 보였다. 눈이 마주치자 간단한 인사를 해 와서 작게 대답했다.

　한동안 그곳에 우뚝 서서, 류짱이 정말 살해당한 게 맞을까? 하고 고민했다. 옆에 선 토모야는 고개를 숙이고 있는 게 아무래도 생각에 잠긴 모양이었다. 사고를 떠올리고 있는 걸까? 괜히 플래시백을 일으켜서 다시 학교에 가지 않겠다고 말할 것 같은 분위기가 풍겼다.

"토모야, 괜찮아?"

"응." 토모야의 다리가 떨리고 있었다.

우리는 서로 주먹을 부딪치고 심호흡한 뒤 학교로 향하는 길을 걷기 시작했다. 신호가 바뀔 때까지 둘이서 아무 말도 없이 기다렸다. 등교거부를 깨부수는 날의 기분이란 어떤 느낌일까? 독감으로 일주일을 쉬다가 학교에 가도 두근두근한 기분이 드는데, 몇 개월을 쉬었으니까 그것의 몇 배는 되는 긴장감으로 가득 찰 것이 분명했다.

토모야의 얼굴은 굳어있었다. 나는 될 수 있으면 평소처럼 대하려고 했지만, 나 같은 왕따가 곁에 있어봐야 별 도움은 되지 않겠지. 토모야도 꽤 불안할 것이다.

"저기, 학교에서는 나랑 떨어져 있는 편이 좋을지도."

"왜 그런 말을 해."

"아니, 토모야 너까지 왕따 당하면……."

"괜찮다니까."

"아하하. 너한테 들으니까 정말로 괜찮을 것 같네."

"당당하게 웃으면서 교실로 들어가자!"

토모야가 내 어깨를 가볍게 두들기고 그 팔로 헤드록을

걸어왔다. 이 그리운 느낌이 너무나 기뻐서 나는 아침부터 몇 번이나 눈물이 차올랐다.

교실에 들어가자마자 모두의 시선이 우리에게 향했다.

"오오, 토모야. 드디어 학교 왔구나!"

남자애 중 한 명이 토모야를 무리 안으로 받아주었다. 나에게 말을 걸어오는 놈은 한 명도 없었다. 항상 있는 일이라 익숙해져버린 나는 토모야 등을 보며 자리에 앉았다.

다들 토모야를 환영하는 모습을 보고 안도하면서도 나는 오늘 하루를 어떻게 버텨야 베스트일지를 고민하고 있었다.

"잇페이."

토모야가 나를 불렀다.

"응?" 하고, 작게 대답한다.

"모두한테 말하자. 나는 왕따 가해자가 아니라고. 그건 잘못된 거라고."

나를 향한 반 애들의 차가운 시선은 내게 아무런 변명도 허락하지 않겠다는 광기를 품고 있었다. 이제 그런 문제는 아무래도 상관없다고만 했다. 한번 시작된 왕따는 애초에 계기가 뭐였냐는 아무 관계가 없어지기 시작한다. 괴롭힐 계기는 필요하지만 괴롭힐 이유는 많이 필요 없다. 그게 룰이다. 어쩌다가 컨트롤러를 손에 들면 게임 끝이다. 강제로 남이 끝내줄 때까지 영원히 하고 싶어지는 게임이 왕따다. 이건 나를 왕따시키면서 즐기는 게임인거다. 누가 어떤 이유로 시작했는지는 관계없다. 재밌으면 오케이라는 스탠스는 어릴 때부터 변하지 않는다. 나라도 상황이 다르다면 아마 저런 인간이 되었을지도 모른다.

"잇페이. 둘이서 힘내자고 약속했잖아. 제대로 말해."

토모야는 눈치가 없는 게 아니다. 이게 옳다고 믿고 내 등을 밀어주고 있는 것이다. 지금 내가 도움 받는 것이 토모야에게 있어서 정의인 것이다. 응하지 않으면 안 된다고 생각했다. 하지만, 그 한발자국이 어지간히도 떨어지지 않는다.

"나, 난 아무 짓도 안 했어."

나온 말이 너무나 미련하고 한심해서 나는 나 자신에게 실망했다.

쉬는 시간이 되자 나랑 토모야가 대화를 못하도록 남자애 집단이 벽을 만들듯 토모야를 둘러쌌다. 가끔씩 토모야가 돌아보며 잇페이, 하고 불러주었지만 주변에 선 놈들이 방해했다. 나는 토모야가 교실에 있는 것만으로 안심이 되고, 신경써주려는 마음도 전해져 와서, 이 정도면 됐다고 생각하기로 했다. 토모야가 내일 다시 학교에 와 주기만 하면 어떻게든 버틸 수 있을 것 같은 기분이 들었다.

하지만 토모야의 마음은 반나절 만에 바로 꺾였다. 내가 반 애들에게 왕따 당하는 걸 어떻게든 해보려고 하는 한편, 마유코의 모습이 눈에 들어왔는지 신경을 쓰기 시작했다.

"잇페이, 미안하다."

토모야는 보건실 침대에서 이불을 몸에 싸면서 말했다.

"아냐, 됐어."

"이렇게 심할 거라고는 생각 못했거든."

"응."

"나, 어떻게 해야 할지 모르겠다, 진짜."

"그냥 가만히 있어도 된다니까. 뭐 안 해도 돼."

"하지만 괴롭다고. 아무것도 못하는 나 자신이 한심해서."

"그 마음만이라도 고마워."

아무한테도 안 들리게끔 목소리를 낮추고 속삭인다.

내가 대답한 뒤 반 녀석들이 토모야를 찾으러 보건실로 들어왔다. 기껏 대피소로 왔는데 적에게 방해받은 기분이었다.

"잇페이, 너 뭐하냐?"

평소 같지 않은 친근한 말투로 말하는 건 보건선생님 앞이기 때문이었다.

나는 대꾸하지 않았다. 다들 내게 눈으로 꺼지라고 말하고 있어서 조용히 밖으로 나갔다.

오후가 되어도 토모야는 교실에는 돌아오지 않았다. 내가 왕따 당하는 모습을 보는 게 괴로웠겠지.

방과 후, 나랑 토모야는 반 애들에게 들키지 않도록 교실 밖에서 만나기로 했다. 부활동에는 안 나가고 카메야로 직행했다. 벤치에 앉아 콜라로 건배했다.

"왜 그렇게 된 거냐, 상황이?" 토모야가 말한다.

"모르지. 그걸 알면 이 고생도 안 하지. 그래도 토모야, 네가 학교에 다시 나왔으니까 나도 힘내서 버틸 수 있을 것 같다."

"괜찮아. 난 절대 잇페이 널 배신하지 않아."

"뭐냐, 너, 어제부터. 왜 자꾸 날 울리려고 그래."

남이 보면 좀 기분 나쁠 정도로 우리는 장난치고 놀면서 어두워질 때까지 실없는 이야기를 나누며 신이 났다.

집에 돌아가서 토모야에게 LINE을 보낸다. 한동안 기다려도 답장이 안와서 꾸물거리는 사이에 갑자기 엄마가 방으로 들어왔다.

"맘대로 들어오지 마."

"지금 토모야네 엄마한테 전화 왔는데, 병원에 실려 갔대."

"으응? 뭔 소리야?"

"토모야가 사고를 당했대."

"장난치지 말고."

나는 침대에서 뛰쳐나가 토모야의 스마트폰으로 전화를 걸었지만 전원이 꺼져있어, 라는 메시지만 들린다.

"엄마, 병원까지 태워줘."

"알았어."

나는 패닉 상태에 빠져 아아-, 아아-, 하고 소리를 질러댔다. 이건 사고 같은 게 아냐. 토모야는 살해당한 게 틀림없다고 생각했다. 무슨 일이 일어나고 있는 거야. 내 주위 사람들이 차례차례 불행해져 간다.

어째서어째서어째서―

병원에 도착하자마자 아줌마에게 상황을 물었지만 모른
다는 떨리는 목소리만 돌아올 뿐이었다.

가족이외, 면회사절.

간호사 누나에게 상태가 어떤가 물어봤는데 의식이 아
직 안 돌아왔다고 했다.

꿈이었으면 좋겠다고 바랐다. 하나님이든 부처님이든
뭐든 좋으니까 토모야를 구해달라고 빌었다. 이제 아무도
못 믿으니까 오직 신에게 빌고 또 빌었다. 아무것도 못한
채 완전히 지쳐버린 나는 엄마한테 매달린 꼴로 잠들었
다.

다음날 아침, 상황이 완전히 변했다. 눈앞에 벌어진 일
에 현실감이 없었다.

토모야가 숨을 거두었다고 한다.

사람이 너무 큰 쇼크를 받으면 컴퓨터처럼 프리징 된다
는 사실을 알았다. 눈물조차 안 나온다. 몸 모든 부위에
감각이 없다.

내 탓이다. 억지로 방에서 끌어내 학교로 데려오지만 않
았어도, 이런 일은 일어나지 않았을 텐데, 나 자신을 책망
한다.

죄송합니다죄송합니다죄송합니다죄송합니다죄송합니

다죄송합니다죄송합니다죄송합니다…….

몇 번이고 반복해 사과해봤자, 죽은 토모야가 살아 돌아오는 일은 없다.

장례식에는 많은 사람이 찾아왔다. 장례식장에 다 못 들어온 조문객이 밖까지 줄을 서 있었다.

항상 밝은 모습이었던 아줌마도 겨우 그 자리에 서 있다는 느낌으로 누구와도 이야기를 나누지 않고 웅크려 앉아있었다. 아저씨는 훌륭히 상주 역할을 다하고 있었지만 역시 괴로워 보였고, 솟아오르는 슬픔을 필사적으로 참고 있는 것처럼 보였다.

나는 가족이나 친척은 아니지만 마지막까지 함께하게 해달라 부탁했고 아줌마랑 아저씨는 허락해주셨다.

화장터에서 진행되는 일은 모든 게 처음 겪는 경험이었다. 관 안에서 잠들어 있을 토모야가 2시간 뒤에는 재로 변한 유골이 되어 나왔다. 그걸 모두 함께 긴 젓가락으로 납골항아리에 담는다. 커다란 뼈는 두들겨서 깬다. 모두가 깊게 침묵했다. 담담히 부서지는 토모야의 뼈. 하얀 가루가 된 토모야를 모두가 바라본다. 작은 항아리에 욱여넣은 토모야의 파편을 화장터 사람이 억지로 쑤셔 넣고는 뚜껑을 닫았다. 아직 남아있는데요, 내가 지적하자, 원래 다 안 들어가요, 하고 사무적으로 알린다.

나는 채 다 들어가지 못한 뼈를 손으로 긁어모아 손수건에 싸서 돌아가기로 했다.

장례가 정신없이 진행되는 이유는 가족이 슬퍼할 겨를이 없도록 해 감정에 너무 깊이 빠지지 않게 하기 위해서 그러는 거라고 전에 아빠가 말해준 게 생각났다. 나는 그래도 좀 천천히 진행해서 고인을 기억하고 기리는 시간이 있어도 괜찮지 않나 싶다.

사람 목숨이 이렇게 쉽게 가는구나 하고 생각했다. 이렇게 빨리 육체가 사라져버리리라고는 믿기 어려웠다. 더 이상 토모야와 정말로 못 만나게 된다고 생각한 순간 눈물이 끝없이 차올라 흘러내려서 괴로웠다.

"잇페이."

아줌마가 말을 걸어왔다.

"토모야가 있지, 스마트폰 하면서 걷다가 자기도 모르게 도로로 들어가 버렸다고 그러네."

"아니야……."

안 들릴 만큼 작은 목소리로 중얼거린다.

"응?"

"아, 아니에요."

"이거, 토모야 스마트폰이야. 잠겨서 내용물은 알 수 없지만, 혹시 잇페이 너라면 풀 수 있을지 않을까 싶어서."

"잠깐 좀 봐도 될까요?"

아줌마가 "부탁해."하고 스마트폰을 건네주셨다.

"잇페이, 저기, 학교에서 토모야는 어떤 느낌이었니?"

"토모야는 정말 착한 애였어요. 누구한테든."

다만 다른 사람보다 조금 심하게 섬세했다.

"걔는 항상 방에서 중얼중얼 했었어. '가이추'라고. 처음에는 무슨 주문인가 했는데, 혹시 '해충'을 말하는 건가 했거든. 해충이라는 게 많은 형태로 사람한테 피해를 주는 걸 두고 하는 말이잖니?"

아줌마가 말한 해충의 뜻을 듣고 헉 하고 놀랐다.

"그건⋯⋯."

나를 말하는 건지도 모른다.

나랑 관계가 있는 사람이 모두 불행해졌으니까.

"잇페이. 그동안 토모야랑 친하게 지내줘서 고맙다. 또 우리 집에 놀러 와줄래? 언제든 기다리고 있을 테니까."

아무 말 없이 고개를 끄덕였다. 아줌마는 아저씨의 품에 안긴 채 차에 타러 간다.

손수건 속 하얀 가루가 된 토모야의 일부분을 나는 손안에 든 채로 꼭 쥐었다.

토모야 스마트폰의 잠금 화면이야 항상 옆에 있던 나라면 금방 푼다. 손가락 움직임을 떠올리며 패턴인식 잠금 장치의 점을 다섯 개, 모래시계 모양으로 잇는다.

봐봐, 금방이잖아. 토모야, 미안하다. 하고 중얼거리며 화면을 연다. 내가 보낸 LINE은 여전히 '읽지 않음' 상태다. 누구랑 LINE을 주고받은 흔적은 없다. 다음으로 메모나 이메일을 연다. 임시보관함을 열자 나한테 보내려던 이메일의 메모가 남아 있었다. 날짜는 나랑 카메야에 들르고 난 다음이었다.

잇페이에게.

어제, 말을 못 한 게 있어서 여기에 적어둔다. 밑에서 엄마가 들을 것 같아서 말을 못했어.

히로가 사고로 죽은 날 말인데, 선생님이 심부름을 시켜서 늦게 갔다고 한 거 사실은 거짓말이야. 그냥 <치킨 게임>을 하고 싶지 않아서 안 간 거야. 히로 혼자만 겁쟁이가 아니야. 나도 마찬가지였어. 그 자식들 나랑 히로가 뒤로 빼니까 "밀어줄까?"라고 그러는 거야. 재촉하고, 협박하고, 우리 반응을 보고 웃으면서 즐겼어. 어떻게 하면 안 하고 끝낼까, 계속 그 생각을 했어. 그래서 동영상으로 찍자는 생각을 한 거야. 억지로 게임하는 모습을 증거로 찍어두면 나중에 써먹을 구석이 있을 것 같다고 생각했었어. 하지만 설마 내 눈앞에서 히로가 사고로 그렇게 될 줄은 생각도 못했어.

그 자식들은 눈앞에서 사고가 터져서 패닉 상태였어. 도로에 쓰러진 히로한테 가보지도 않고, 바로 도망쳤어. 자기들은 상관없는 걸로 상황을 만들고 싶었던 게 아닌가 싶어. <치킨게임>을 하자고 한 것도, 부활동 하면서 왕따를 시킨 것도 전부 다 없던 일로 만들려고 한 거야.

만약 왕따 당해서 자살한 거라고 난리라도 나면 평생 가해자라는 멍에를 져야하지. 게임이었는데요, 사고였는데요, 하고 말해도 아무도 안 믿을 거고. 요즘 시대에 소년원보다 무서운 건 인터넷에서의 공개 처형이니까.

내가 찍은 동영상을 몇 번이고 다시 봤어. 어쩌면 그 두 놈을 겁줄 필살기가 될지도 모른다고 생각하고. 하지만 소리까지는 안 잡혔어. 그래서 몇 번을 봐도 히로가 스스로 도로에 뛰어든 거라고 밖에는 안 보였어.

히로가 죽고 나니까 이번에는 내가 왕따의 타깃이 되어버렸어. 실실 쪼개는 삐에로 연기를 하고 있었지만 실은 애들이 놀리는 것도, 웃음거리 소재로 삼는 것도 좋아하지 않았지. 분하고 한심해서 나 자신이 싫었어. 하지만 내가 먼저 행동에 나설 만큼 나는 강하지 못했어. 그냥 모든 게 막 짜증나서 동영상을 히로네 집으로 보냈어. 그날 사고 현장에 하세켄이랑 류짱이 있었다는 걸 알리고 싶었거든. 협박하는 목소리는 녹음이 안 되었을지 몰라도 현장에서 도망치는 모습은 찍혔으니까. 그게 다였어. 설마 이런 일이 될 줄은……. 잇페이, 내가 무슨 말 하고 싶은지 알겠지?

범인은 아마도——

여기까지 읽고 일단 멈췄다. 토모야가 이 메일을 나한테 보내려고 했을 때 누가 등을 민 것이다.

살의가 없어도 사람은 죽일 수 있다. 토모야가 한 말이 되살아난다.

토모야가 남긴 메일을 어떻게 할지 고민했다. 이걸 누구에게 보여줘야 할지도 모르겠다. 토모야가 남긴 추리에 모순은 없다. 하지만 좀 이상하다 싶은 게 여태까지 마유코가 해온 말이다. 나는 계속 마유코가 관계가 있을 줄 알았는데, 토모야의 메일에는 다른 진실이 적혀있었다.

마지막으로, "잇페이가 전학와줘서 살았어."라고 적힌 문장을 읽자 눈물이 멈추지 않았다.

36

앞으로 3일 뒤면 여름방학이다. 그 뒤로 학교는 계속 안 나갔다. 이 상황에서 여름방학이 오든 말든 이제는 아무 상관없다. 일단 학교 생각은 안 해도 된다. 랄프한테 사무적으로 연락이 오기는 했는데, 학교는 이런저런 대응으로 쫓기고 있는지 바쁜 모양이다.

오늘 아침 지역신문에는 중학생 자살이 연쇄적으로 벌어지고 있다는 기사가 실렸다. 아니라고, 어디 풀 곳이 없는 분노로 기분이 안절부절못했다. 나는 토모야가 내린 추리에 납득이 가지 않았다. 그렇다고 해서 내 추리가 옳다고 하기에는 허점이 너무 많아 정리가 안 된다. 동기나 증거가 모이지 않은 채로 범인을 골라내어 결정하기란 불가능하다.

세 명 모두 자살힐 만한 이유가 각자에게 있기 때문에 더욱 껄끄럽다. 어른은 제멋대로라서 얼른 뭉뚱그려 결론을 내리고 싶어 한다. 아무도 그 배경에 무슨 일이 있었는지 깊게 파악하려 하지 않는다. 빈약한 상상력으로 해결하려고 든다. 누구라도 귀찮은 일에 휘말리기는 싫은 법이니까.

하지만 나는 도망치고 싶지 않다.

토모야 메일에 적혀있는 범인이라 여겨지는 인물을 만나러 가기로 했다. 내딛는 발에 힘이 안 들어간다. 눈에 익은 동네나 풍경이 흐릿하게 흩어져 보이는 이유가 구름 낀 하늘 탓만은 아니다. 아래를 바라보면 당장에라도 눈물을 흘려버릴 것 같다. 기억을 더듬어 걷는다. 그저 걷는다. 진실을 확인하는 게 이렇게 무서운 일일 줄이야 생각도 못 했다. 걸으면서 어떻게 이야기를 꺼내는 게 유리할지 또는 향을 피우는 게 좋을까 같은 여러 가지 생각을 하는 사이 벌써 목적지에 도착해버렸다.

나는 지금 요네이시 히로네 집 앞에 서 있다. 크게 심호흡을 하고, 훅, 하고 짧게 내쉰다. 예전에는 1층에 주류상이 있었는데 지금은 그냥 창고가 되어있었다. 2층에 살림집이 있고 히로는 부모님과 2층에서 살았다.

인터폰을 누르고 히로에게 공양을 올리려고 왔다고 전하자 아줌마는 고맙다고 말하며 안으로 맞아주었다.

불단*에는 히로가 웃고 있는 사진이 올라와있었다. 아줌마의 모습에 딱히 이상한 구석은 보이지 않는다. 굳이 따지면 좀 과하게 침착한 상태로 보인다는 것.

느긋한 동작으로 바로 앞에 보리차를 놓아주셨다. 한 모금 마셔 목을 축인 뒤 나는 일단 지르고 보자는 심정으로 말을 꺼냈다.

"저희 중학교에서 연속으로 세 명이 사고로 죽은 건 알고 계신가요?"

"알고 있단다."

"어떻게… 생각하세요?"

"어떻게, 라니?"

"아뇨, 그게……. 히로가 세상을 떠났을 때랑 비슷하다고 생각하지 않으셨나요?"

"그러네. 비슷하네."

"이상하다고는 생각 안 하셨나요?"

"신문에는 자살일 가능성이 있다고는 적혀있었는데."

"누구라도 고민은 있는 법이잖아요. 히로는 어땠나요?"

"그걸 이제 와서 물어 뭘 어쩌려고 그러니?"

"사고가 아니었을지도 모른다는 소문이 있어서요. 유서

* 일본은 고인을 위해 집 안에 불단을 두고 위패나 영정을 두고 같이 생활하는 풍습이 있다.

는 없었나요?"

"유서는 없었단다. 그래서 학교도 경찰도 그 이상 조사를 안 해줬어."

아줌마는 히로의 영정사진을 바라보며 눈물을 흘리고, 미안하구나 하고 말하면서 티슈로 볼을 훔쳤다.

"그렇지만 히로는 일기를 남겼단다."

"어떤 내용이었나요?"

"그게 있지. 전부는 다 이야기 못하겠지만, 여러 가지로 고민하던 게 적혀있었단다. 나이에 맞는 고민도 있었고, 왕따를 당하고 있다는 것도 있었고 그 외에도 여러 가지가. 부모로서 미리 알아주지 못한 게 너무 미안했어. 그래서 적힌 내용을 확인하려고도 했던 거고."

"확인한다고 하신다면 누구에게 어떤 걸 물어보셨나요?"

"하세가와나 류에게 왕따시킨 사실이 있는지 물어봤단다."

"그 녀석들은 인정했나요?"

"인정하지 않았어. 여기로 불러서 히로 영정사진 앞에서도 똑같이 대답할 수 있느냐고 캐물었었지. 그래도 끝까지 인정 안 했지."

"죽이고 싶다, 그렇게 생각하셨나요?"

"그랬지. 하지만 그런 짓을 한다고 히로는 돌아오지 않잖니?"

토모야가 보낸 메시지가 머릿속에서 떠오른다.

[범인은, 아마도──]

아줌마의 목소리는 작아서 잘 안 들렸지만, 거짓말을 하고 있다는 생각은 들지 않았다.

"익명으로 동영상이 오지는 않았나요?"

"너는 그게 누가 보낸 동영상인지 아는구나? 그래서 이리로 온 거고. 세 명이 당한 사고에 우리가 관계있는 건 아닐까 하고."

"어……. 음, 맞아요."

"보낸 사람은 토모야였니?"

"네."

"일기에는 주로 나오는 이름은 세 명이었단다. 하세가와와 류, 그리고 마유코짱."

"역시 마유코도 관계가 있었군요."

"살의가 없어도 사람을 죽일 수 있다."

"그 말은……."

"토모야 군이 보내온 동영상에 붙은 메시지."

"모르겠어요. 왜 토모야가 죽어야만 했던 걸까요? 왜 히로가 당한 사고랑은 관계없는 제가 왜 이런 꼴을 당해야만 했던 건가요?"

"이 이상은 본인에게 직접 들으렴."

"혹시, 전부 알고 계셨나요?"

"……."

아줌마는 갑자기 입을 다문다.

"왜 마유코가 범행을 저지르는 걸 막지 않으셨나요? 어째서 알아차리셨으면서 그냥 두신 거예요? 아줌마랑 아저씨랑, 다들 혹시 마유코가 움직이게끔 뭐라고 귀띔이라도 하신 거 아니에요? 그건 범죄가 아닌가요!"

나는 소리를 질러대며 질문을 던졌다.

"너에겐 진실을 알 의무가 있어."

아줌마는 나를 노려보며 말했다. 영문을 모른 채 집을 나왔다. 진실을 알 의무는 도대체 뭐야? 권리도 아니고 의무라니?

하필이면 이럴 때 귀찮다는 기분이 싹트기 시작한 이유는 뭘까. 아마도 진실에 접근하는 게 무서워서일 것이다.

하지만 뭐든 일단 움직여야 한다. 안 그러면 영원히 끝나지 않아, 하고 나 자신을 타이르며 학교로 서둘러 향했다. 이미 하교시각이 지났지만 학교에 가면 마유코를 만날 수 있을 것 같은 기분이 들었다.

하지만 교실에도 현관 신발장에도 쓰레기 분리수거장에도 마유코의 모습은 보이지 않았다.

한 번 더 교실로 돌아가 보기로 했다. 나는 마유코의 휴대전화 번호도 모르고, 그건 마유코도 마찬가지다.

모습이 안 보인다고 하면 어떤 형태로든 메시지를 남겼을 지도 모른다고 생각했다. 아무도 없는 것을 확인하고 내 책상을 살펴보았다.

"있다."

책상 속 천장에 종이 한 장이 셀로판테이프로 붙어있었다. 손을 집어넣어 뜯어낸다. 보니 휴대전화 번호가 적혀있었다. 순간 주저했지만, 전화를 걸었다.

상대가 전화를 받아 통화모드로 넘어갔는데 아무런 반응이 없어서 내가 먼저 말을 걸어보았다.

"여보세요, 저기, 타이라 잇페이라고 합니다만."

"알아." 마유코 목소리다.

"지금 어디야?"

"비. 밀."

"저기, 너한테 물어보고 싶은 게 엄청 많은데."

배에 힘을 주고 말해봤다. 마유코는 그건 나중에 이야기하고, 라며 화제를 바꾸었다.

"이번에 그 영화, 딱 하루 재상영하는 모양이야."

"거짓말이지?"

"진짜."

"그런 거 이제 아무 상관없어. 그러니까 우리 지금 만나서 얘기 좀 하자."

"이번에 놓치면 다음에는 몇 년 뒤에 보게 될지도 모르는데? 어쩌면 평생 못 볼지도 모르고."

"아, 진짜 뭔데. 그래서 뭐? 언제인데 그거."

"내일 오후 다섯 시."

"그럼 내일 영화관으로 가면 되는 거지?"

"꼭, 와야 돼."

하고, 마유코는 바로 전화를 끊었다. 뭘 뜬금없이 데이트 약속이나 하고 있는 걸까. 게다가 하필 이럴 때. 사실 지금 당장 마유코를 찾아내 묻고 싶었다. 대체 무슨 속셈이냐고, 나한테 진실을 말해줄 마음은 있는 거냐고. 안 좋은 예감이 든다. 그래도 이제는 각오를 다지는 수밖에 없다.

비틀비틀 걸어가며 생각하는 사이 할아버지 가게 앞에 발이 멈추었다.

"잇페이구나. 요새 여러모로 힘들다면서."

"아, 응."

"일단 들어와라. 주스 마실래?"

"네. 마실게. 아빠는?"

"학교에 간다고 하던데?"

"뭐 하러?"

"모르지. 네 걱정이 되서 그런 건 아닐까?"

아빠가 걱정할 필요는 하나도 없다고 말하고 싶었지만, 말하지 못했다. 할아버지도 그 이상은 말하지 않았다.

"할아버지. 부탁 하나만 해도 돼?"

"뭔데?"

"혹시 저한테 무슨 일이 있으면요, 사람들한테 꼭 말해 줘. '우리 손자는 그런 짓 할 사람이 아니다.'하고."

"뭔 소리냐 뜬금없이?"

"그건 나도 아직 잘 몰라. 하지만 꼭 나를 믿어줘야 해?"

"알았다."

할아버지가 내 어깨를 통, 두들기며 웃었다. 믿어줄 사람이 누군가 있다는 사실에 든든한 마음이 들었다.

37

다음날. '데이팩' 백팩에 스마트폰 충전기랑 지갑을 넣고 출발했다. 뛰어서 가면 5분 만에 영화관에 도착할 수 있다. 티켓이랑 주스를 살 시간을 생각해서 조금 빨리 나왔다.

만나기로 한 시간은 오후 다섯 시. 상점가에는 마트 비닐봉지를 든 아줌마나 유모차를 끄는 젊은 주부들 모습이 보인다. 그런 일상을 담담히 보내는 사람들 사이에 섞여 들어가 있자니 마음이 살짝 가라앉았다. 그래도 나는 영화관까지 가는 길 내내 주의를 기울여서 주변을 살폈고 가끔씩 뒤를 돌아보며 걸었다.

약속시간 20분 전에 도착.

영화관은 평소와 다름없이 사람 출입이 적었다. 나처럼 '환상속의 영화'를 간절히 기다리는 사람이 이 동네에 그렇게 있을 거라고는 생각하기 어렵지만, 시내에서 발을 옮겨 여기로 오는 영화 마니아가 있다고 해도 이상하지는 않을 텐데. 하지만 입구를 봐도 '환상속의 영화'를 상영한다는 안내는 없었다. 선전을 너무 안하는 거 아냐? 하고 불평을 터트리면서 카메야 앞 자판기에서 콜라를 샀다. 마유코는 아직 오지 않았다. 안에 들어가 상영스케줄을 확인했다. 하지만 역시 어디에도 환상속의 영화는 보이지 않는다.

역시나 거짓말이었나? 난 속은 건가? 사전에 미리 알아볼 걸 그랬나? 안절부절못한 기분을 억누르고 마유코에게 전화했다. 바로 사서함으로 연결되었다. 뭐하는 거야, 자기가 불러놓고. 스마트폰을 향해 분통을 토한다.

나는 묘하게 가슴이 두근거렸다. 아니, 이미 무언가가 벌어져도 이상하지 않다는 생각이 들었다. 마유코가 나타나지 않은 데에는 이유가 있다.

서둘러 마유코네 집으로 향했다. 정신없이 달린다. 오랜만의 전력질주. 주변 풍경이 멈추고 내가 바람을 가르는 감각을 느꼈다.

마유코네 집 앞에서 숨을 고른다. 초인종을 눌러도 좋을지 망설이고 있는 사이 안에서 쿠당, 하고 무언가가 쓰러지는 소리가 들렸다. 으윽, 으윽, 하고 사람 신음소리도 들린다. 부엌 미닫이문 창문 틈으로 안을 들여다보니 난동을 부리는 남자와 거북이처럼 웅크린 사람 모습이 보였다. 마유코가 공격당하고 있다.

"그만해!"

남자가 내 쪽을 본다. 그게 누구인지 바로 알아본 나는 아연실색했다. 파라락 파라락 머릿속의 퍼즐 조각이 제자리를 찾아가는 느낌이다. 그걸 깨끗이 정리할 때가 아니었다. 마유코 구출이 우선이다.

나는 현관문 손잡이에 손을 댔다. 당연히 열쇠로 잠겨 있어서 열리지 않는다. 베란다로 빙 둘러서 돌아가 방충망을 열고 안으로 들어갔다. 마유코를 덮치고 있는 남자에게 돌진해 간다. 나는 힘이 없다. 싸울 줄도 모른다. 정신없이 마유코를 끌어내 도망칠 것만 생각했다. 남자 배에 혼신의 힘을 다해서 박치기를 먹인다. "아! 너 뭐야? 이 새끼야! 아오, 아퍼!" 하고 남자가 배를 붙잡고 엉덩방아를 찧는다. 마유코는 공책을 품에 안은 채 떨고 있다.

나는 마유코 손을 잡고 밖으로 뛰쳐나갔다.

"빨리!"

"잠깐만, 신발."

"됐으니까!"

나는 블록 담벼락 위에 말려놓은 빨간 실내화를 움켜쥐고 달렸다.

"아파!"

"참아, 뛰어!"

마유코는 맨발인 채 불평하면서도 내 손에 이끌린 채 아스팔트 위를 달린다. 남자가 뒤쫓아 오려다 포기하는 것을 확인한 뒤 마유코에게 실내화를 건넸다. 교복 말고 다른 옷을 입은 모습을 오랜만에 보기도해서 나도 모르게 홀린 듯이 뚫어지게 바라보았다. 하얀 꽃무늬 원피스에 빨간 카디건을 걸친 귀여운 차림새였지만 안타깝게도 신발이 실내화라는 게 우스꽝스러웠다.

"괜찮아?"

"너 같으면 괜찮겠어?"

"미안."

"발, 아프거든."

"……업어줄까?"

싫다고 거부할거라 각오하고 말해봤다. 그런데 마유코는 내 등 쪽으로 가더니 손을 뻗어왔고 그대로 업혔다. 나는 그대로 섰다.

"그 자식이 네 오빠였다니."

"응."

"왜 그때는 말 안했어?"

"……."

"그건 그렇고, 그 영화 상영한다는 거, 거짓말이었지?"

"이제, 내려줘."

나는 끄덕이면서 마유코 쪽을 본다.

"저기 있지……."

"뭐가?"

눈길이 서로 만나 이상한 분위기가 흐른다. 한동안 아무 말 없이 걷는다. 상점가를 빠져나와 주택가를 가로지르자 10분 정도 걸려 우리가 다녔던 B초등학교가 보였다. 비포장 자갈길이던 스쿨존이 아스팔트 포장도로가 되었다. 마유코가 길잡이처럼 앞서 걷는다. 슬슬 이야기를 꺼내야 하나 하고 눈치를 살폈는데 적당한 타이밍이 잡히지 않는다.

마유코가 누가 보면 수상해 할 만큼 안절부절못하는 나를 보다 못했는지 아, 맞다, 하고 고개를 끄덕이며 들고 있던 공책을 내밀었다.

"이거 전부 다 읽어. 그런 다음에 질문해."

얇은 A5 사이즈의 'Campus'대학공책이다.

"히로 일기, 맞지?"

"응."

"알았어. 읽을게. 분명 여기에 내가 알고 싶은 게 전부 적혀있겠지."

편의점 주차장에 앉아 마음을 다 잡고 일기를 내려다본다.

표지에는 No.9라는 글자가 적혀있다. 아마도 히로는 꾸준히 일기를 적어왔던 것 같다. 펄럭펄럭 하고 페이지를 넘겨본다. 날짜는 1년 전 4월부터 시작했다. 하루에 한 페이지로 정해놓았는지 공책 마지막 줄까지 꽉꽉 채워놓은 날이 있는가 하면 두세 줄로 끝나는 날도 있다. 그런 날은 '졸리다.' 아니면 '피곤하다.' 같은 내용 없는 한 줄이 적혀있다. 다른 사람 일기를 읽는 일은 켕기는 일인지라 왠지 옆구리가 근질근질했다.

이번에는 천천히, 대충 훑지 않고 꼼꼼히 정독한다. '마유짱'이라는 단어가 잔뜩 눈에 들어온다. 남이 읽으리라 전제하고 쓴 게 아니니까 중간 중간 설명이 부족한 부분도 있다. 하지만 그동안 계속 마유코를 좋아했다는 사실은 첫줄부터 바로 알 수 있었다.

4월 7일 목요일[*]

오늘은 입학식이었다. 마유짱이랑 같은 반이 되어서 너무 좋은데, 같은 B초 애들도 몇 명 같이 있어서 안심했다. 나는 탁구부에 들어갈까 생각 중이다. 하세켄이랑 류짱이랑 토모야도 탁구부로 들어갈 모양이다.

4월 13일 목요일

예비 부활동 기간이 끝나고 드디어 오늘부터 본격적으로 부활동을 시작했다. 연습은 별로 힘들지 않지만 계속 볼보이를 하는 건 피곤하다. 하세켄이랑 류짱은 빨리 시합하고 싶다고 했다.

마유짱은 배구부에 들어간 모양이다. 나도 힘내야지.

4월 22일 금요일

오늘 마유짱한테 '안녕.'하고 아침인사 하는데 성공. 아침 방송 오늘의 운세에서 행운의 아이템이 낫토라고 해서 먹고 왔는데, 의외로 효과가 좋네.

4월 25일 월요일

---

* 2016년 4월 7일 목요일.

오늘도 인사 성공. 좀 더 제대로 대화를 나누고 싶지만 공통된 화제로 생각나는 게 없다. 중학교에 들어오고 나서는 여자애들 집단이 좀 무섭다. 마유짱 주변에는 항상 대여섯 명여자애들이 서서 재잘재잘 시끄러운데다가 나 같은 게 끼어들어가서 같이 떠들 분위기도 아니다.

5월 9일 월요일

연휴가 끝나고 나니까 왠지 특별한 느낌이 든다. 교실에 들어가는 순간에는 긴장된다. 말로 표현이 잘 안되지만 나는 이런 분위기를 별로 좋아하지 않는다. 마유짱은 요즘 배구부 여자애들이랑 사이가 좋다. 다른 반 배구부 애들이 편지를 가지고 온다. 여자란 하여튼 편지 쓰는 걸 좋아한다.

5월 15일 일요일

운동회. 반 대항 계주에서 뼈아픈 실수. 배턴을 떨어뜨려버렸다. 부끄럽고 한심하다. 난 항상 이런 식이다.

5월 17일 화요일

학교에 도착하자마자 하세켄이 나를 '요와무시'라고 불렀다. 아무래도 나한테 새로 붙은 별명인 모양이다. 우선은 일단 받아들이자. 웃어넘기면 어떻게 될 거 같으니까.

6월 11일 토요일

근처 중학교랑 연습시합. 1학년만 참가하는 단체전 복식에서 졌다. 복식조를 짠 하세켄이 몇 번이고 혀를 찼다. 그럴 때마다 나는 사과했다.

다음에는 꼭 이긴다! 무조건 이긴다!

6월 20일 월요일

이번 달부터 수영장 수업을 시작했다. 물론 내가 기대하는 건 여자애들 수영복. 하지만 마유짱은 계속 쉬고 있다. 왜 그런 걸까? 생리란 1주일 정도 지나면 끝나는 거 아니었나?

7월 2일 토요일

오늘 연습시합도 졌다. 또 내 실수. 하세켄도 류짱도 나랑은 복식조를 짜고 싶지 않다는 말을 했다. 하지만 그걸 정하는 사람은 코치니까 나로서는 어찌 할 바가 없다. 나도 하세켄이 혀 차는 소리 듣는 건 싫다. 연습 때는 제대로 되는 서브와 스매시도 시합만 나가면 잘 되지를 않는다.

7월 4일 월요일

마유짱은 1학년 가운데 유일하게 배구부 주전멤버로 뽑힌 모양이다. 8월에 전국체전 현(県) 예선대회 중등부에도 출전하는 모양이다. 대단하다…… 나도 힘내자.

7월 6일 수요일

배구부 애들은 모두 팔에 불그스름한 보라색 멍이 들어있다. 리시브 할 때 생기는 모양이다. 하지만 마유짱은 팔에만 멍이 든 게 아니라 목에도 멍이 들어있다. 배구부 연습이라는 게 그렇게 힘든 거였던가?

7월 15일 금요일

이번 주, 마유짱은 한 번도 학교에 안 나왔다. 담임 랄프한테 물어보니 감기라고 했다. 요즘 같은 여름에 감기? 게다가 이렇게 오래 안 낫나? 배구부 연습도 꽤 격렬하게 진행되는 모양인데 슬슬 학교에 안 나오면 주전에서 빠지게 될지도 몰라서 걱정.

7월 21일 목요일

여름방학에 들어갔다. 결국 마유짱은 한 번도 수영 수업에 나오는 일이 없었지만, 부활동에는 나가는 모양이라서 그렇게 걱정하지 않아도 될 거 같다. 하지만 수영복 입은 모습을 못 본 게 조금 아쉽.

8월 2일 화요일

탁구부 여자애한테 마유짱이 부활동을 그만뒀다는 말을 들었다. 이유는 잘 모른다고 하는데 배구부 여자애들도 곤란해한다고 한다. 걱정 되서 내일 마유짱네 집으로 가볼까 생각 중. 간다고 해서 내가 뭘 어찌 할 수는 없겠지만 그래도 일단은 보고 와야지.

8월 3일 수요일

마유짱네 집 앞에서 왔다갔다, 완전히 스토커. 결심하고 초인종을 눌렀다. 안에 사람이 있는 기척이 느껴지는데도 아무도 안 나온다. 그 뒤로도 몇 번이고 초인종을 눌러보거나 문을 두들겨보거나 했다. 마유짱네 오빠가 나와서, 한마디. '시끄러워!' 나는 꼬리 만 개처럼 기죽어서 집으로 돌아왔다. 뭘까, 이 불안하고 안절부절못한 느낌.

8월 5일 금요일

아침부터 마유짱네 집 앞에서 잠복하기로 했다. 모습을 확인하지 않으면 안심이 안 될 것 같았다. 아니, 까놓고 말해 오랜만에 마유짱이랑 만나고 싶다. 왜 중학생은 라디오 체조[*]가 없는 거야? 맨날 이유를 일일이 찾아야 하잖아.

점심시간이 지나 마유코네 오빠가 나가는 것을 발견하고 바로 초인종을 눌렀다. 몇 번이고 눌러도 아무도 나오지 않는다. 끈질기게 문을 두들겼더니 겨우 마유짱이 현관문을 조금 열었다. 하지만 내가 아는 마유짱은 거기에 없었다. 볼은 빨갛게 달아오르고, 입술은 보라색으로 변색, 팔에는 붕대를 감고 있었다. "왜 그래? 괜찮아?"내가 묻자, 마유짱은 "미안."하고 문을 닫았다. 나는 뭐가 뭔지 몰라서 어안이 벙벙했는데, 그래도 뭔가 일이 잘못 돌아가는 것 같다는 사실은 확실히 느꼈다. 막아야만 한다!

8월 6일 토요일

오늘은 연습시합 날이었는데 각오를 다지고 쉬기로 했다.

마유코네 오빠가 밖으로 나가자마자 바로 나는 마당 쪽으

---

[*] 우리나라의 국민체조와 비슷한 종류의 체조. 일본 쇼등학생은 주로 방학기간 동안 마을 자치회 등의 지도자가 인솔하는 '라디오체조 모임'에 자유 참가하는 경우가 많다. '라디오 체조 모임'은 아침 6:30과 8:40에 라디오 방송으로 나오는 노래와 구령에 맞춰 인근 공터 나 공원 등에 모여 체조를 하는 데서 유래한 이름이다.

로 돌아가 마유짱을 불러냈다. 여름이라 다행이다. 방충망만 치고 있어서 마유짱은 바로 알아차렸다. 처음에는 밖에 나가 기를 무서워하던 마유짱을 내가 억지로 손을 잡고 끌고 나왔다. 아무하고도 만나고 싶지 않다고 그래서 인적 드문 길을 걸으며 이야기를 나누었다. 마유짱은 천천히 설명해줬다.

대강 요약해서 말하면 오빠는 축구 명문고에 갔다가 실력 차이를 따라잡지 못하고 인생 최초로 좌절을 경험했다고 한다. 항상 짜증을 내고 마유짱이나 아줌마에게 폭력을 휘두르는 모양이다.

그 말을 듣자, 지금까지 이상하다 생각한 게 모두 연결되어 이해가 되는 기분이 들었다. 목에 났던 멍이나 결석한 이유, 수영 수업에 안 나온 이유, 그리고 부활동을 그만 둔 이유도.

하지만 나는 그저 입을 다물고 듣는 것 말고는 아무것도 해주지 못했다. 어떻게 하면 좋을까? 내가 뭘 할 수 있을까?

8월 8일 월요일

오랜만에 부활동에 나갔다. 하세켄과 류짱이 실실 웃으며 나한테 "아이고, 가이추 출현!"하고 소리쳤다. 뭔 소리인지 몰라 멍하니 있는데, 토모야가 곤란해 하면서 설명해주었다. '요와무시(弱虫)'에서 '가이추(害虫)'라는 별명으로 변형됐다나.

아무리 그래도 해충은 심하지 않냐고 항의해 보았지만 소용없었다. 별명이란 자기 의사랑 관계없는 거구나.

8월 9일 화요일

나는 일과처럼 마유쨩네 집을 감시했다. 하지만 내가 낼 수 있는 시간은 부활동 나가기 전과 후 정도라서 하루 종일은 무리다.

밤이 되면 마유쨩한테 LINE이 온다. 기쁨과 슬픔으로 어쩔 줄 모르는 기분이 된다. '지금 오빠가 나가서 없어.'나 '욕조에서 목욕하고 있어.'같은 내용이라면 아직 견딜 만한데 '살려줘.'나 '이제 더 이상은 힘들어.'같은 게 오면 답장이 곤란하다. 도와주고 싶은 기분은 있다. 하지만 어떻게 해야 도와줄 수 있을지를 모르겠다.

8월 25일 목요일

오늘은 불꽃놀이 축제. 마유코네 오빠는 작은 사고를 쳤다. 축제 현장에서 어린아이를 위해 판매하는 반짝반짝 빛나는 칼을 휘두르면서 난동을 부리다 경찰에게 잡혀가 훈방조치되었다. 체포가 아니라 훈계방면. 결국, 바로 집으로 돌아갔다. 마유쨩을 위해서라도 체포되는 게 더 좋았을 텐데.

여름이 끝나간다. 하지만 마유짱은 싸움을 끝내지 못한다.

9월 1일 목요일

2학기 첫날. 마유짱은 쉬었다. 나는 하세켄 패거리에게 '해충'이라는 별명으로 아직도 불리고 있다. 일단은 부르면 실실 웃으며 대답한다. 여기서 억울해하거나 분한 표정이라도 지으면 분위기가 깨져서 부담스러워지니까. 딱히 별로 힘들지는 않다. 한쪽 귀로 듣고 다른 쪽 귀로 흘려버리면 된다.

그보다 마유짱이 걱정. 나는 담임 랄프한테 상담하기로 했다. 어떻게든 해 줄지 모른다는 기대를 품고. 랄프는 알았다고 한마디로 대답해주었다. 가정방문을 한다고 했는데, 가능하면 그 오빠란 놈을 두들겨 패주면 좋겠다. 아니면 얻어터지고 오든가. 그러면 폭행죄로 체포될지도 모르니까.

9월 5일 월요일

마유짱이 학교에 왔다. 랄프, 쫌 하는 데? 하고 생각했는데, 이번에는 다른 문제가 발발. 배구부 애들이 집단으로 마유짱을 불러내서 어디론가 끌고 가고 말았다. 게다가 2학년이나 3학년도 있었다. 마유짱은 괜찮다고 했지만 분명 괜찮지 않다. 여자는 무섭구나.

9월 6일 화요일

학교에 오면 마유짱은 항상 같이 놀던 멤버와 함께 있었다. 다행이다, 친구가 있어서. 잘됐다, 잘됐어. 이 말을 계속 중얼거리면 조금은 진정된다. 나는 말해주고 싶었다. 배구부 놈들에게도 부활동 놈들에게도 마유짱 잘못이 아니라고. 나쁜 건 그 폭력을 휘두르는 새끼라고. 하지만 마유짱은 소란스럽게 일을 키우고 싶지 않다고 아무 말도 하지 말아달라고 했다. 맘대로 랄프에게 상담한 것도 좋지 못한 행동이었지만, 그래도 일이 터지면 어른의 힘도 필요하기는 하니까 넘어가겠다고 했다.

9월 13일 화요일

또 마유짱이 결석하기 시작했다. LINE도 자주 잠수타게 됐다. 내가 집에 찾아가면 마유코네 오빠한테 들켜 큰일 나니까 신중하게 움직이지 않으면 안 된다.

밤, 마유짱한테 '같이 죽자'라는 LINE이 왔다. 나는 한참 생각하다 '알았어'라고 보냈다. 죽는 게 무섭다는 말은 쪽 팔려서 못 하니까 나는 조용히 입 다물고 같이 죽어야만 하겠지. 하지만 역시 죽고 싶지는 않다——.

9월 16일 금요일

이번 주, 마유짱은 한 번도 학교에 안 왔다. 집에 찾아가 봤지만 현관문도 열어 주지 않았다. 걱정을 뛰어넘어 분노만 남았다.

9월 17일 토요일

또 시합에서 졌다. 하세켄이랑 류짱은 평소보다 더 심하게 나를 욕한다. 벌칙이라면서 검지랑 중지를 모으더니 손목도 아니고 온몸을 닥치는 대로 채찍처럼 후려쳐댔다. 그리고 카메야에서 물건을 훔쳐오라고 시켰다. 밤에 마유짱이랑 LINE을 하면서 또 '같이 죽자'라는 말을 들었을 때 그것도 나쁘지는 않을지도, 하는 생각을 하게 되었다.

9월 18일 일요일

드디어 마유짱을 밖으로 불러내는 데 성공했다. 영화를 보러 갔다. 긴장해서 내용은 거의 기억나지 않았다. 언제 손을 잡을까, 그것만 생각해서다. 결국 아무 짓도 못하고 집 앞까지 데려다주었는데 그 오빠 놈한테 걸려서 얻어터졌다. 진짜 열 받는다. 그 뒤로 계속 LINE 답장이 안 온다.

9월 19일 월요일

부활동이 끝나고 하세켄과 류쨩보다 먼저 옷을 갈아입고 집에 가려다가 실패했다. 매일 같이 가는 게 싫지만 가는 방향이 같으니 어찌 할 방법이 없다.

하세켄이 갑자기 <치킨 게임>을 하자고 했다. 옛날에 위험하다고 금지된 놀이인데 초5때 잇페이가 생각해낸 게임이다. <이유없는 반항>이라는 영화에 나오는 치킨 레이스*라는 것에서 힌트를 얻었던 모양이다. 그때는 분명 재미있었는데 이제는 하나도 재미없어.

걔는 잘 지내고 있으려나.

9월 20일 화요일

오늘 문득 생각했었어. 그 자식을 죽여 버리자고. 그 자식만 죽으면 마유쨩도 죽고 싶다는 생각은 앞으로 절대 안 할 거니까. 하지만 내가 잡히면 마유쨩이 외톨이가 되어버린다. 어떻게 해서든 잡히지 않고 그 자식을 죽일 방법이 없을까 하고 생각했다. 완전범죄 방법을 인터넷에서 엄청 검색했다. 자전거를 건드리자고 생각했다. 그 다음에는 내 자전거로 시험해봤다. 그리고 한밤중에 마유쨩네 집에 가서 그 오빠놈 자전

---

* 두 명이 자동차를 전속력으로 절벽을 향해 달리는 동안 먼저 도망치는 사람이 지는 게임.

거에 몰래 손을 썼다.

9월 24일 토요일

LINE으로 '실패했네. 그래도 고마워.'라고 왔다. 마유짱은 내가 오빠 자전거에 손을 쓴 걸 알아차린 모양이었다. 오빠는 크게 부상을 입기는 했지만 반사 신경이 좋아서 그런지 죽지는 않았고, 한동안 병원에 입원해 있더라도 다시 돌아오면 지옥 같은 나날이 다시 반복될 것이라고 말하며, 마유짱은 겁에 질려 있었다. 역시 같이 죽는 수밖에 없는 걸까? 둘이서 사이 좋게 손잡고 죽으면 저세상에서는 맺어지게 될까?

9월 25일 일요일

오늘도 부활동이 끝나고 가려는 나를 붙잡고 하세켄이랑 애들이 <치킨 게임>을 하자고 해왔다. 왜 또 이 놀이가 다시 유행한 건지 알 수 없다. 여태까지는 어떻게 운 좋게 도망쳐 왔는데 슬슬 안 하면 멤버에서 쫓겨날 것 같다. 벌칙도 괴롭다. 벌금으로 1회에 5백 엔씩을 내기란 너무 괴롭다. 솔직히 하고 싶지 않다. 나는 하고 싶은 일은 몇 개 없어도 하기 싫은 일은 잔뜩 있다. 찌질이라서 항상 하세켄한테 등신 취급을 당하지만 사실이니까 아무 말도 못한다.

9월 26일 월요일

하세켄 패거리한테 불려갔다. 토모야는 맨날 어떻게든 이유를 갖다 붙여서 <치킨 게임>에는 참가하지 않는다. 치사한 녀석, 나도 하기 싫다고. 아니 솔직히 말해서 왜 잇페이는 이딴 게임을 생각해낸 거야? 그래, 이게 다 잇페이 그놈 때문이야. 이런 재미도 없는 게임을 생각한 잇페이가 나쁜 놈이야. 내가 이렇게 괴로워 할 걸 알고 만든 거 아냐? 그 자식. 아아ー 괜히 열 받기 시작하네? 전부 다 열 받는다.

그 페이지가 마지막이었다. 히로가 죽은 것은 그 다음날이다. 엉킨 실이 꽤나 풀렸다. 비둘기를 죽이던 마유코네 오빠 마음속에 든 어둠이라든가, 마유코와 히로의 관계라든가.

38

노트를 닫고, 마유코를 본다.

"이거 때문이구나. 오늘 나를 불러낸 이유가."

"너 항상 알아차리는 게 늦어."

마유코가 다시 걸음을 뗐다.

"어디 가려고?"

"영화관에 가는 거 아니야?"

"그거 거짓말이잖아. 어디에도 쓰여 있지 않았는데, 상영을 한다고?"

"가자니까."

마유코가 걸음을 멈추지 않는다.

"그럼 가장 알고 싶은 것부터 물을게. 어째서 토모야를 죽인 거야?"

"히로 집에 동영상 따위 보내지 않았으면 좋았을 텐데."

"무슨 말이야. 익명으로 보냈을 텐데."

"그 네 명은 언제나 같이 다녔어. 영상에 찍히지 않은 사람이 그것을 찍었다는 것 정도는 금방 알 수 있지."

"하지만 토모야는 상관없어."

"그 게임이 위험하다는 걸 알고 있었으면서, 왜 말리지 않은 거야? 그 자리에 없었다는 건, 도망쳤다는 거잖아. 하세가와랑 류랑 같은 죄야."

"그래서 죽인 거야?"

"그래."

마유코는 아무렇지도 않게 인정하고는 찻길과 인도의

경계를 나누는 블록 위를 비틀비틀 걷기 시작했다.

이 찻길은 당시 〈치킨 게임〉을 하던 장소다. 조금씩 기억이 되살아난다. 분명 히로가 일기에 쓴 대로 게임을 고안한 사람은 나다. 하지만 토모야가 그 게임에 대해 털어놓았을 때 느꼈던 위화감은 뭐였을까?

토모야는 '어른을 깜짝 놀라게 하는 장난'이라고 했다. 내가 생각한 〈치킨 게임〉은 누가 더 배짱이 좋은가 겨루는 놀이였는데. 아마도 내가 없는 사이 게임의 취지가 변해버린 것이겠지. 하지만 이제 와서 그런 걸 마유코에게 변명해봤자 의미는 없다.

차가 맹렬히 달려와 우리 둘 바로 옆을 스치고 지나간다. 그러자 마유코가 평소처럼 머리를 누르며 가발을 매만진다.

"그것도 무슨 관계가 있는 거야? 하세켄이 네 머리를 잡아채 휘둘렀단 것도, 거짓말이지?"

"발모벽(拔毛癖)이라고 알아?"

"아니."

"머리카락을 뽑을 때만, 아무 생각도 하지 않을 수 있어."

"그거, 히로가 죽어서 그런 거야?"

"전부 사라졌어. 내가 가지고 있던 소중한 것 전부."

이제야 깨달았다. 여자애들이 말한 게 무슨 말이었는지. 아무도 몰랐던 거다, 두 사람의 관계를. 여러 가지가 겹친 탓이겠지. 하지만 누군가 알아차려줬다면, 아니 알아차렸다고 해도 해줄 수 있는 게 아무것도 없으면 비극은 반복되기만 할 뿐이다.

"하세켄네 형 자전거 사고도 네가 한 거야? 히로가 했던 걸 똑같이 따라 해서."

"응. 걸리적거리니까."

"한 가지 이해가 안 가는 게 있는데. 히로네 아줌마는 사고 직후 학교에서 히로가 왕따를 당했으니 조사해달라고 호소했어. 그 일기를 증거로 제출하면 학교가 어떤 형태로든 조치를 취하지 않았을까?"

"자기 아들이 살인미수를 범했다고 고백하는 공책을 학교라든가 경찰에 가져가서 보여줄 수 있을 거라 생각해?"

"아, 그런가."

멍청한 말이 입에서 흘러나왔다.

죽은 아들이라고는 해도 살인미수의 오명을 씌우고 싶지는 않다. 부모로서 주저하는 게 이해가 안 가지는 않는다.

"히로 어머니께서 일기랑 동영상을 보여주셨을 때, 결심했어. 모두에게 다 복수하겠다고."

"분명 그 게임은 내가 생각했어. 하지만 〈치킨 게임〉을 억지로 히로한테 시킨 건 나도 아니고 왕따의 원인도 나랑은 관계없어."

"괜히 돌아왔네, 이 동네로."

"언제 알았어? 내가 돌아왔다는 거. 넌 학교 쉬고 있었잖아."

"나는 세 명한테 복수하려고 계속 계획을 짜고 있었어. 걔네가 학교 끝나고 하는 행동이나 노는 날 행동도 전부다 파악하고 있었고. 그래서 언제 학교에 돌아가 어느 타이밍에 실행할지를 고민하고 있던 때에 너랑 코미야가 영화관에 있는 걸 발견했어. 아무것도 모르는 주제에 팔자좋게 쳐 웃고 있는 걸 보니까 화나더라고."

"잠깐만, 타이밍이라니 그게 무슨 소리야?"

"이제야 알아차린 모양이네."

"혹시 류짱 절도사건도 네가?"

"그래. 걔네들은 유서도 없이 죽잖아. 그래서 객관적으로 자살이라고 보일만한 상황을 만들어야하니까 내가 함정에 빠뜨린 거야."

마유코는 자랑스러운 얼굴로 나를 보며 웃는다.

"왜 굳이 그런 짓을 일부러 해야만 했던 건데?"

"히로랑 똑같은 상황에서 죽었으면 하는 것도 있었고, 학교가 어떻게 움직일지 보고 싶기도 했고, 시간도 벌어야 했으니까. 만약 바로 잡혀버리면 전부 다 죽일 수가 없잖아? 하세가와는 간단했어. 자존심 말고는 아무것도 없는 머저리니까 자존심만 꺾어놓으면 바로 무너질 거란 계산이었어. 걔가 시험 답안지를 고치고 있는 건 초등학교 때부터 알고 있었으니까. 뭐, 코미야가 은둔형 외톨이가 된 건 예상 밖이라 조금 당황했지만, 네가 잘 달래서 데리고 나와 준 덕분에."

"장난해?"

"소중한 사람을 잃은 기분은 어때?"

"최악이야."

"그래도 너는 끈질기더라. 언제 드롭아웃 하나 싶었는데."

"너는 내가 자살하면 만족할거야?"

"네가 죽으면 어떻게 될 거라고 생각해? 적어도 반 애들은 왕따 가해자로 전부 다 벌을 받겠지. 그걸 알아차리지 못한 학교도 비난받을 거고. 너는 왕따 가해자가 아니라

이번에는 피해자로서 게시판을 장식하게 되겠지. 또 내가 퍼트려줄 테니까, 걱정 마."

"이런 짓을 해도 히로는 돌아오지 않아."

"알아. 그렇지만 나를 위해서 살인까지 해주려고 했어. 나도 그 정도는 해줘야겠다고 생각하는 게 정상이잖아?"

"정상 아니거든."

마유코는 경계 블록 위에서 나를 내려다본다. 소름끼칠 정도로 무서운 눈동자.

"히로가 죽은 날부터 내 세계는 줄곧 부서졌어."

마유코는 입술을 부들부들 떨면서 말했다.

그리고 난폭하게 가발을 움켜쥐더니, 가득 고인 고름을 짜내듯 우와아아아아아아악──, 하고 소리 질렀다.

처음으로 감정을 내보인 마유코의 눈에서 눈물이 흐르고 있었다. 슬픔분함공허함쓸쓸함이 한꺼번에 분출되는 양. 감정의 격류 너머에 있는 것은 격렬한 분노다. 그 순간 형언할 수 없는 공포에 붙잡혔다. 사람은 간단히 미쳐버리는구나, 이렇게 쉽게 자신의 세계를 부숴버리고 마는구나 하고.

"나 때문이 아니야……."

나도 모르게 아니야 아니야 하고 고개를 가로젓는다.

"어디서든 누릴 수 있을 극히 평범한 현실도, 온화한 일상도, 더 이상 되찾을 수 없어. 그렇다면 차라리 죽는 게 낫다고 생각했어……죽는 편이 낫다고 몇 백번이나 생각했어. 생각했는데…… 나는…… 죽을 수 없었어……."

오열하며 말을 토해낸다. 나는 그 속내에 아무 대답도 해주지 못했다.

죽지 마, 라고 말하는 건 간단하다. 하지만 그건 상대를 생각해서 말하는 게 아니다. 죽으면 자신에게 기분 나쁜 기억이 생기니까 말하는 것이다.

"죽지 않아줘서 고마워."

이상한 말이라고 생각했다. 보통은 살아줘서 고맙다고 말해야 하는 거겠지. 하지만 더 이상 어느 누구도 죽는 걸 원하지 않는다.

"전 부 너 때 문 이 니 까"

힘없이 네가 목소리를 짜낸다.

"그럼 내가 어떻게 했으면 좋겠는데!"

하고 외치며, 나는 블록 위 조금 높은 곳에서 눈도 깜빡이지 않고 서 있는 마유코를 품에 꼭 안았다. 왜 그런 짓을 했는지 나 스스로도 모른다. 어쩌면 마유코의 어둠을 모두 받아들이려고 했는지도 모르고, 미래의 가능성을 믿고 기적을 바라는 마음에서였는지도 모른다. 어쨌든 간에 지금 여기에 살아있는 마유코를, 그 몸을 이곳에 붙잡아 두어야만 한다는 충동이 나를 움직였다. 하지만 마유코는 싫다는 듯이 몸을 격렬하게 흔들었고, 손에 들고 있던 가발이 휘날리며 차도로 떨어졌다.

나는 순식간에 몸을 내밀듯 차도 쪽으로 손을 뻗었다. 가발을 잡은 순간, 몸이 이상한 방향으로 기울어 넘어질 뻔한 걸 필사적으로 버텼다. 마유코가 몸을 돌려 내 등 뒤에 섰다.

아, 하고 생각한 순간은 이미 늦었다.

찰나, 엄청난 충격이 온몸을 덮쳤다.

몸이 허공으로 튕겨나갔다.

흔들리는 아스팔트가 보였다.

어깨를, 입술을, 손을, 떨고 있는 네가 보였다.

하늘이, 기우뚱, 뭉개진다.

세계가, 무너져, 간다.

네가, 내 등을 밀었다.

− 끝 −

밀어줄까?

초판 1쇄 ǀ 2019년 07월 23일
초판 4쇄 ǀ 2022년 02월 14일

지은이 유키 슌 ǀ **옮긴이** 손지상
펴낸이 서인석 ǀ **펴낸곳** 제우미디어 ǀ **출판등록** 제 3-429호
등록일자 1992년 8월 17일 ǀ **주소** 서울시 마포구 독막로 76-1 한주빌딩 5층
전화 02-3142-6845 ǀ **팩스** 02-3142-0075 ǀ **홈페이지** www.jeumedia.com

ISBN 978-89-5952-813-4
＊파본은 구입하신 서점에서 교환해 드립니다.

제우미디어 네이버포스트 post.naver.com/jeumediablog
제우미디어 페이스북 facebook.com/jeumedia
제우미디어 트위터 twitter.com/Jeumedia

만든 사람들
출판사업부 총괄 손대현 ǀ **편집장** 전태준
책임편집 박건우 ǀ **기획** 홍지영, 장윤선, 안재욱, 조병준, 성건우, 서민성, 오사랑
디자인 총괄 디자인그룹 헌드레드 ǀ **제작, 영업** 김금남, 권혁진